이 설

항상 평온하시길 바랍니다.　　건강한 몸과 건강한 마음
　　　　　　　　　　　　　당신도 그럴게!

2021. 가을

김 혜 나　모두에게

"야 ㅗ ㅗ"한

순간 있기를

박 생 강

평온한 나날 보내시기를
박 주 영❀

당신 안의 신에 경배를,
나마스떼 ☺
2021. 정차향

비우고 멈추고　비우고 멈추고

제 정 화

# 세상이 멈추면 나는 요가를 한다

# 세상이
# 멈추면

# 나는
# 요가를
# 한다

김이설

김혜나

박생강

박주영

정지향

최정화

은행나무

# 차례

# 세상이 멈추면 나는 요가를 한다

요가Yoga는 결합과 통제를 의미하는 산스크리트어 동사 'Yuj'에서 유래한 단어입니다. 이에 대한 비유로 가장 흔하게 사용되는 예는 '말에 멍에를 씌우다'라는 표현입니다. 멍에가 없는 말은 제멋대로 날뛰며 어디로 달려갈지 알 수 없기에 불안정하고 위험한 까닭입니다. 반면에 멍에를 씌운 말은 마부와 하나가 되어 움직임을 통제하는 훈련Practice을 몸에 익힐 수 있습니다.

사람의 마음 또한 멍에를 지지 않은 말과 같아서 중심을 잡지 못하고 제멋대로 움직이곤 합니다. 요가 수련자는 이러한 마음에 요가라는 멍에를 씌워 걱정과 불안, 흥분 등의 마음 작용들을 조절해나갑니다. 따라서 요가 수련이란 성난 말과 같은 마음을 통제해 내면의 진정한 주인이 되어가는 과정이기도 합니다.

근원적인 의미로서 요가란 종교적 헌신과 철학적 사유, 윤리적 실천 등을 비롯해 삶을 살아가는 행위 그 자체이기도 합니다. 예를 들어 어떤 사람은 외로울 때 음악을 들으며 마음을 달래고, 어떤 사람은 책을 읽으며 울거나 웃고, 어떤 사람은 청소를 하면서 마음을 비웁니다. 이처럼 우리가 살면서 먹고 자고 일하고 쉬는 모든 행위들에 요가적 의미와 실천이 내재되어 있습니다.

어쩌면 이러한 요가의 의미가 너무 거창하게 느껴질지도 모르겠습니다. 개인적으로 요가 수련과 소설 창작을 병행해 오는 동안 주변의 작가들로부터 많이 들었던 이야기가 바로 요가에 대한 것이었습니다. 오랜 시간 한 자리에 앉아서 글을 쓰는 작가들은 육체적으로나 정신적으로 쉽게 피로해지고, 질병을 얻기도 쉽습니다. 이에 대한 해결책으로 시도하는 심신 수련법이 요가인 경우가 많았습니다.

문득 궁금했습니다. 이 사람들은 어떤 자세로 요가를 하고 어떤 마음으로 소설을 쓸까요? 요가를 하는 마음과 소설을 쓰는 자세가 어떻게 다르고 또 같을지에 대한 호기심이 일었습니다. 그렇게 요가 수련자의 시선과 경험을 통과한 이야기를 나누고 싶은 마음에서 이 책의 기획은 시작되었습니다.

여섯 명의 작가들이 들려주는 요가 이야기는 따뜻하고 긍정적인 부분과 불편하고 부정적인 부분을 모두 포함하고 있습니다. 삶과 죽음, 선과 악, 미와 추, 명과 암 중 어느 한쪽으로 치우치지 않고 '전체'를 받아들이며 균형을 찾아갈 때 비로소 내 마음과 나 자신이 이어지는 체험을 할 수도 있을 것입니다. 그렇게 서로 다른 것들이 이어지듯 나와 당신이 이어지고, 마음과 마음이 이어지고, 이야기와 이야기가 이어지기를 바랍니다.

한 호흡, 한 호흡, 숨을 고르듯 문장과 문장을 고르고 엮어 다양한 이야기를 빚어준 여섯 명의 소설가들에게 감사와 존경의 마음을 전합니다. 수련하듯 정성들여 써내려간 여섯 편의 이야기가 이 책을 찾은 독자들에게도 새로운 요가적 체험으로 다가가기를 소망합니다.

2021년 가을,
두 손 모아
김혜나

요가 하는 여자

김이설

김이설

2006년 서울신문 신춘문예에 단편소설 〈열세 살〉이 당선되어 등단했다. 소설집 《아무도 말하지 않는 것들》《오늘처럼 고요히》, 경장편소설 《나쁜 피》《환영》《선화》《우리의 정류장과 필사의 밤》, 연작소설집 《잃어버린 이름에게》가 있다.

내가 원한 건 이런 게 아니었다. 적어도 텔레비전이나 영화에서 봤던 요가 수업은 이렇지 않았다. 심지어 유튜브에서 봤던 요가 수업은 창밖에 바다가 보이는 고요한 실내가 배경이었다. 아이들 학교에서 학부모 교육으로 했던 요가도 이러지 않았다.

나는 창문에 크게 붙어 있는 '도권태주아'의 '권'자 아래에서 땀을 뚝뚝 흘리고 있었다. 숨이 머리 꼭대기까지 차올라 거친 숨소리가 멈출 줄 몰랐다. 머릿속으로는 100번도 넘게 '이건 아니지 않나'라는 생각을 하던 중이었다.

"마지막 한 바퀴!"

다섯 명씩 다섯 줄로 선 여자들이 하나! 둘! 셋! 넷! 구호를 외치며 팔을 앞으로 뻗고 다리를 위로 차고 고개를 흔들어댔다. 나는 앞에서 시범을 보이는 수강생보다 반 박자 늦게 따라하며 허우적거렸다. 일주일째 다니고 있는 아주태권도 오전 요가 수업에 나는 여전히 적응을 못하고 있었다. 무엇보다도 저 쿵쾅거리는 음악만이라도 껐으면 싶었다.

언니도 해보겠느냐고 물은 건 같은 라인에 사는 소윤 엄마였다. 소윤 엄마는 티라미수의 한 부분을 부드럽게 떼어 먹었다. 커피를 주문하며 케이크라도 같이 먹자는 말에, 살쪘다는 핑계로 나는 안 먹겠다 해서 소윤 엄마가 계산한 티라미수였다. 커피와 마시는 단 디저트가 얼마나 맛있는지 나라고 모르지 않았다.

"언니 살 빼야 해요?"

티라미수를 한 입 더 베어 문 소윤 엄마가 눈을 동그랗게 뜨고 물었다. 그러더니 기다렸다는 듯이 말을 이었다. 잘됐다, 그럼 같이해요. 남편에게 밸런타인데이 선물로 받았다는 새 목걸이가 카페 조명에 반사되어 더욱 반짝였다. 나는 허전한 내 빈 목을 괜히 쓸어내렸다.

"한 달에 15만 원밖에 안 해요."

소윤 엄마는 한 시간씩 주 5회 하는 수업에 15만 원이 어디냐며 수강료를 한 번 더 강조했다. 아파트 상가에 있는 태권도 학원에서 주부들을 대상으로 하는 오전 요가 수업이라고 했다. 처음에는 학원생 엄마들만 할 수 있었는데, 지난달부터 주부반으로 명칭을 바꾸면서 이젠 학원생 엄마가 아니어도 다닐 수 있다고 했다. 그러더니 갑자기 목소리를 줄여 덧붙였다.

"오전에 체육관을 놀릴 바에야 한 클래스라도 더 하는 게 이득이니까 수업을 연 거 같아요. 여하튼 15만 원이면 거저잖아."

거저인가. 15만 원이면 예나의 방문 수업 한 과목을 늘릴 수 있는 금액이었다. 한 달 치 통신 요금이었고, 조금만 더 보태면 한 달 관리비이기도 했다. 소윤 엄마가 말을 이었다. 외식 한 번만 안 하면 돼요. 15만 원짜리 외식을 한 적도 없으면서 나는 소윤 엄마의 말에 고개를 끄덕이며 맞장구쳤다. 접시 위에 남아 있는 티라미수 부스러기를 포크로 싹싹 긁어 먹은 소윤 엄마가 말을 이었다.

"근데 월수금에는 태보 수업을 30분 하고서 남은 시간에 요가를 해요. 화목에는 한 시간 내내 요가만 하고. 언니 태보 알아요?"

나는 고개를 저었다. 태권도, 복싱, 에어로빅을 섞은 운동으로 어느 개그우먼이 그 방법으로 살을 빼서 유명해진 운동이라고 했다.

"태보를 하기 싫으면 요가만 해도 된대요. 근데 20분만 하는 건 아깝잖아."

소윤 엄마는 그 태보라는 것이 살을 많이 빠지게 하는 운동이라는 말을 한 번 더 반복했다. 겨우내 살이 올라 얼굴의 윤곽이 무뎌지고 아랫배가 불룩하게 올라 있었다. 태보든 요가든 뭐든 하긴 해야 할 터였다.

마흔이 된 작년부터 몸이 예전 같지 않았다. 체력이 훅 떨어진다는 게 무슨 뜻인지도 알게 되었다. 쉽게 피로하고 쉽게 지치는 것. 하루하루가 기쁠 것도 노여울 것도 슬프거나 즐거울 것도 없이 그저 고만고만한 감정으로 치환되는 일. 그것은 세상일에 정신을 빼앗겨 판단을 흐리는 일이 없는 나이가 되어서가 아니라, 그저 더 이상 젊지 않기 때문에 찾아온 몸과 마음의 변화였다.

남편은 운동 좀 하고 살라는 말을 입에 달고 살았다. 하루 종일 집에만 있으니 약골이 되어가는 거라고. 움직이지 않으면 살 붙는 일밖에 없는 게 사십대라며 자꾸 나이를 들먹거리기도 했다. 원체 운동을 좋아해 출근 전에 조기축구를 하고, 퇴근 후에는 헬스장, 주말에는 자전거 동호회에 나가는 남편의 잔소리이니 틀린 말은 아닐 터였다. 그러나 나는 그런 말을 들을 때마다 집에 있다고 해서 하루 종일 가만히 있는 게 아니라고, 애들 뒤치다꺼리하는 일이 당신이 상상하는 것만큼 호락호락한 일인 줄 아느냐고, 운동도 할 수 있는 체력이 있어야 하는 것이라고 대꾸하곤 했다.

"체력이 없으니까 운동을 해야지."

"저녁 해서 먹이고 서둘러 소파에 눕는 이유가 뭐겠어. 더 쓸 에너지가 없어서라고. 힘이 달리니까. 체력이 없어서."

"체력이 그냥 생기나? 운동을 해야 쌓이지."

"운동할 에너지가 없다고요."

"그러니까 내 말은 에너지도 운동을 해야……"

"그만합시다."

대화는 늘 이렇게 빙글빙글 돌기만 했다. 세상일이라는 게 몰라서 못하는 경우가 얼마나 있나. 알면서도 못하고, 알면서도 안 하는 것 아닌가.

소윤 엄마를 따라 요가를 다니겠다고 하자 남편이 자기 일처럼 반겼다. 잘했다는 말을 몇 번이나 반복했다. 중간에 그만두지 말고 끈질기게 해야 된다고, 3개월은 해야 몸에 붙는다는 잔소리도 잊지 않았다. 6학년 유나는 엄마가 무슨 운동이냐고 반문했는데 그게 놀리는 것인지, 놀라는 것인지 모호하게 들렸다. 4학년인 예나는 무턱대고 엄마를 따라가겠다고 나서는 통에 제 언니에게 지청구를 들었다. 요가가 뭔지나 아느냐고 묻는 말에 '고대 인도에서부터 전하여오는 심신 단련법의 하나'라고 네이버 국어사전을 읽던 예나가 단련법이 무슨 뜻이냐고 물었다.

예나가 읽은 설명대로 요가라고 하면 적어도 고즈넉한 음악을 틀어놓은 채 두 눈을 감고 내 몸을 이루는 것들의 위치를 하나하나 감각하고 느끼며 움직이는 것이라고 생각했다. 몸을 수축하고 이완하기를 반복하며 마음의 근육을 유연하게 하는 일이겠거니 했다. 그러나 소윤 엄마를 따라온 아주 태권도 오전 요가 수업은 그런 시간이 아니었다.

시범 수업이라도 들어봤어야 했는데 소윤 엄마 말만 듣고 덥석 등록부터 한 것이 잘못이었다. 아니 처음부터 잘못 생각한 것인지도 몰랐다. 태보라니. 요가만 해도 벅찰 텐데. 뭐에 홀렸는지 살이 빠진다는 말에 무턱대고 하겠다고 덤빈 탓이었다. 15만 원이 적은 돈도 아닌데, 아무래도 허튼 돈을 쓴 거 같았다.

태보 강사는 오십대쯤 되어 보이는 남자였다. 태권도장의 원장이라며 젊었을 때 아마추어 권투선수였다고 소윤 엄마가 속삭였다. 스트레칭이 시작되었다. 원장의 우렁찬 목소리가 도장에 쩌렁쩌렁하게 울렸다. 팔, 다리, 몸통을 움직이는데 원체 운동을 하지 않았으니 어떤 동작이든 다 불편하고 힘들고 아팠다. 곧이어 태보의 기본은 기초 체력이라면서 팔을 휘두르고, 다리를 뻗고, 제자리에서 달리고, 위로 뛰어오르게 했다. 동작을 반복할수록 머리가 어질했다. 둘씩 짝을 지어 근육 강화 운동까지 하고 나니 정신을 차릴 수가 없었다. 그러나 숨 돌릴 틈 없이 태보의 기본동작이라는 스트레이트, 잽, 훅을 배워야 했다.

스트레칭을 할 때부터 온몸에 땀이 차오르더니 이내 이마에서 뚝뚝 떨어졌다. 30분이 어떻게 지나갔는지 몰랐다. 이렇게 땀을 흘리면 누구라도 살이 안 빠질 수 없을 것 같았다. 어서 앉아서 숨을 고를 수 있는 요가 시간이 왔으면 싶었다.

나는 요가 강사는 당연히 젊은 여성일 거라 생각했다. 매끈한 몸매가 드러나는 레깅스와 브라톱에 헐렁한 티셔츠를 입고, 올림머리를 한 목선이 새하얗고 발걸음 소리가 나지 않는. 수강생들 앞에서 아름답게 몸의 곡선을 만드는. 그러나 태보 수업을 마친 원장이 요가 수업도 한다는 말에 나는 진심으로 후회가 들었다. 딱 들러붙어 가슴 근육이 다 드러나는 트레이닝 티셔츠에 등산 바지를 입은 흰머리 남자에게 요가를 배우다니. 태보 시간 내내 어린애를 혼내듯이 무섭게 호통을 치는 바람에 괜한 주눅이 들게 했던 원장이지 않았나. 나는 왜 소윤 엄마에게 아무것도 물어보지 않고 덥석 따라나섰던 걸까. 부질없는 후회였다.

"아랫배를 보세요. 옆구리, 어깨, 등살을 만져보세요. 그거 다 어떻게 할 거야? 자, 남편에게 다시 사랑받을 수 있도록 그 살 다 빼봅시다."

뭐가 웃기다고 군데군데서 쿡쿡거리는 소리가 들렸다.

"오늘은 바쁠 때 20분 만에 땀을 뺄 수 있는 요가를 해봅니다. 어떻게? 신나고 재미있게! 자 한번 소리쳐볼까요?"

"신나고 재미있게!"*

얼굴에 붉게 열이 오른 수강생들이 크게 소리를 질렀다. 나는 입을 꾹 다물었다. 원장이 맨 앞에서 시범을 보이며 설명을 시작했다.

"손은 무릎 위에 올려놓고 어깨를 둥글게 돌립니다. 숨을 들이마시며 어깨를 위로, 내쉬면서 다시 밑으로. 두 번 더, 손가락 쫙 피고, 배꼽이 바닥을 향해, 가슴은 앞으로, 턱 위로,

---

*·** 유튜브 채널 '까불이언니 요가'의 〈짧고, 강하게 20분 파워 요가〉 콘텐츠에서 발췌·인용·변형했습니다. https://www.youtube.com/watch?v=ky_UXvP3fzQ

둘, 셋. 숨 내쉬고 등 동그랗게 말면서 배꼽은 천장으로 둘, 셋. 천천히 중간 쳐다봤다가 오른쪽 엉덩이를 한번 쳐다봅니다. 왼쪽 옆구리를 느끼면서……."**

왼쪽 옆구리가 저릿했다. 동작이 진행될수록 전신을 사용했다. 두 다리를 벌리거나, 두 팔을 한껏 펴거나, 고개를 젖히고, 등을 휘게 하고, 엉덩이를 뒤로 빼고, 몸을 구부리고, 몸통을 비틀고, 산 모양을 만들었다가 주저앉고, 폈다 접었다……. 나도 모르게 끙끙거리는 신음소리가 났다. 수강생들은 익숙하게 동작을 따라했다. 나보다 한 달 앞서 다닌 소윤 엄마의 자세도 어쩐지 근사해 보였다. 나만 헤매고 있었다. 매트 위로 땀이 뚝뚝 떨어졌다. 종아리와 허벅지가 당기고, 옆구리가 쑤시고 내 몸이 내 몸 같지가 않았다. 한 시간이 나에게는 마치 한 달처럼 느껴졌다.


"난 못하겠다."

"겨우 하루 해보고선. 나도 처음엔 되게 힘들었는데, 이게 개운한 맛이 있더라고요. 밤에 잠도 잘 오고."

"나 원래 밤잠 잘 자."

"언니, 나 일주일 동안 2킬로그램 빠졌어요."

나도 모르게 한숨이 나왔다. 거리의 봄은 속도 모르고 화사하기만 했다.

"나는 너무 힘들더라."

"세상에 안 힘든 일이 어디 있다고?"

소윤 엄마가 바닥에 남은 아이스 아메리카노를 빨대로 쪽쪽 소리 내서 빨아마셨다. 나는 텀블러에 담아간 얼음물만 연신 들이켰다.

"일주일만 해보세요. 해보고 나서도 못하겠다 싶으면, 그때 그만둬도 되잖아. 하루 만에 뭔가를 결정하는 건 좀…… . 언니가 예나 공부방 보낼 때 그랬다면서요. 뭐든 해보고서 말하자고. 해보지도 않고 처음부터 못한다고 하는 건 말이 안 된다고."

소윤 엄마의 목소리는 사뭇 진지했다. 나는 그만 알았다고 대답하고 말았다. 내가 원래 소윤 엄마의 말에 잘 수긍하는 편이기는 했다.

소윤 엄마를 처음 만난 건 복컴 민화반 수업에서였다. 첫 수업이어서 준비물도 제대로 챙기지 못한 채 참석한 나를 살갑게 챙겨준 게 총무를 맡고 있던 소윤 엄마였다. 수강생은 대체로 나이가 지긋한 어르신들이 많았다. 자연스럽게 가장 젊은 축에 들었던 게 소윤 엄마와 나였다. 민화반이라고 해서 조용히 자기 그림을 그리는 시간일 줄 알았는데 아니었다. 처음 본 얼굴이라고 나에게 보인 관심이었을 것인데, 꼬치꼬치 캐묻는 어르신들의 호구조사가 불편하기만 했다. 시원치 않게 대답을 미적거리니 금세 나를 외면하고 끼리끼리 이야기를 시작했다. 관심도 싫었지만 외면도 기분은 별로였다. 개인별 진도가 다 달라서, 강사는 돌아다니며 일일이 가르치고 챙기고 안내하느라 분위기가 어수선했다. 소윤 엄마는 자기 그림을 그리지도 못하며 어르신들을 챙기고 있었다. 어쩐지 나도 곧 그렇게 될 것 같았다. 배우고 싶었던 민화 그리기였지만 나는 첫 시간에 그만둬야 할 수업이라는 것을 알아버렸다.

내 얼굴에 그만두겠다고 쓰여 있었는지, 집으로 돌아가는 길에 소윤 엄마가 같이 가자며 내 옆으로 바짝 따라붙었다. 붙임성 좋게 이것저것 물어봐주는 소윤 엄마의 질문에 답을 하다 보니 같은 아파트, 같은 동, 같은 라인에 산다는 걸 알게 되었다. 게다가 서로의 아이들도 같은 학년이었다. 그다음 해, 소윤이와 예나는 같은 반이 되면서 아이는 아이들대로, 엄마는 엄마들대로 가까운 사이가 되었다.

소윤 엄마와 나는 여러모로 달랐다. 소윤 엄마는 하루도 빠지지 않고 각기 다른 이유로 외출을 하는 사람이었다. 월요일에는 학부모 기타 교실, 화요일에는 영어 회화수업, 수요일에는 그림책 읽는 모임, 목요일에는 목공예수업을 들었고, 얼마 전부터 금요일에는 보태니컬 아트를 배우고 있었다. 그 와중에 살림도 소홀히하지 않았는데 음식 솜씨도 좋아 소윤 엄마에게 받은 김치나 밑반찬을 우리 집 식구들도 좋아했다. 소윤 엄마는 뭐든 하지 않으면 불안하다고 했다. 뭐든 배우는 게 좋다고 했던 것도 같고. 그런 소윤 엄마에 비하면 나는 취미도 취향도 없는 사람이었다.

소윤 엄마와 나의 유일한 공통점은 둘 다 친정이 없다는 사실이었다. 나는 오빠, 소윤 엄마는 남동생이 유일한 친정 식구였다. 남매끼리의 사이가 돈독하지도 않을뿐더러 나는 새언니가 어려웠다. 소윤 엄마는 올케가 마음에 안 들어서 왕래를 거의 안 한다고 했다. 왕래가 없는 건 나도 마찬가지였다. 그래서 명절 당일 오후마다 예나와 소윤이를 같이 놀게 할 수 있었다.

운동을 하고 온 첫날, 나는 밤새 몸살이 난 사람처럼 끙끙 앓았다. 생전 운동을 안 했던 사람이 아무 준비 없이 그런 격렬한 운동을 하고 왔으니 앓아눕는 게 당연했다. 남편은 요가 한 시간 하고 와서 무슨 엄살이냐며 쳐다보지도 않았다. 차마 태보를 배우게 됐다는 소리가 나오지 않았다. 권투 선수처럼 팔을 뻗고 격투기 선수처럼 발을 차대는 걸 했다는 것이 어쩐지 창피했다. 그저 안 쓰던 몸을 써서 근육이 놀란 것이라고만 했다. 남편은 앓는 소리가 시끄럽다고 짜증을 냈다. 급기야는 출근하는 자기는 자야 한다며 따로 자자고 했다. 베개와 이불을 안아들고 절뚝이며 어둑한 거실로 들어서는데 기다란 내 그림자가 조금 처량해 보였다.

다음날 소윤 엄마는 이른 아침부터 메시지를 보내왔다. 나는 흠뻑 두들겨 맞은 사람처럼 겨우 걷는 상태였다. 소윤 엄마는 내 상태를 너무 잘 알고 있었다.

— 온몸이 다 아프죠? 그거 운동으로 풀어야 해요.

나보다 다섯 살이 어리니까 저렇게 팔팔한 것일까. 나는 죽겠다고 응답을 했다. 소윤 엄마는 아랑곳하지 않았다.

— 아래서 기다릴게요. 올 때까지 기다릴 거니깐 빠질 생각은 하지도 마시고!

이어 씩씩거리며 화를 내는 이모티콘이 도착했다. 나도 모르게 픽 웃고는 옷을 갈아입었다. 수강생들 대부분은 요가복으로 유명한 브랜드의 운동복을 입고 있었다. 나는 검은색 레깅스에 반바지, 헐렁한 티셔츠 차림이었다. 나만 제대로 된 운동복 차림이 아닌 것 같아 무안했지만, 덥석 요가복부터 사지 않은 게 얼마나 다행인지 몰랐다. 아무튼 소윤 엄마의 정성을 봐서라도 며칠은 더 나가야 할 것 같았다.

아파트 입구에는 소윤 엄마만 있는 게 아니었다. 소윤 엄마보다 더 앳돼 보이는 엄마가 나에게 꾸벅 고개를 숙였다.

"내가 맨날 말하는 예나네 언니. 언니, 여긴 소윤이 유치원 때 친구 서준이 엄마."

"그 미술 학원 같이 다니는?"

"아니아니. 같이 도서관 봉사한다는."

그제야 들은 기억이 났다. 중학교 수학을 배운다는 4학년 아이, 아이 아빠가 고등학교 과학 선생이라는 것과 주말마다 도시로 영재학교 준비반 수업을 다닌다는 얘기까지 떠올랐다. 어젠 일이 있어 빠졌다고 했다. 서준 엄마가 먼저 말을 걸었다.

"몸은 괜찮으세요? 둘째 날이 제일 아픈데."

"네, 힘드네요. 소윤 엄마만 아니었으면 안 갔을 건데."

"언니, 말 놓으세요. 저 소윤 엄마랑 동갑이에요."

"천천히."

"근데 언니 뺄 살도 없어 보이는데 왜 이렇게 힘든 길을 가시려고 하는 거예요?"

"무슨 말을."

"그치? 나보다도 날씬한데 맨날 살쪘다고 엄살이다."

소윤 엄마가 장난으로 내게 눈을 흘기는 시늉을 했다. 태권도장으로 걸어가는데 산책 나온 어린이집 아이들이 보였다. 서너 살이나 됐을까, 걸음걸이도 불안한 아이들 예닐곱이 선생님을 따라 한 줄로 걸어가고 있었다. 예나와 유나가 저때 어땠는지는 기억이 없고 그저 꼬물거리며 걸어가는 어린아이들이 예쁘게만 보였다. 어쩐지 할머니가 된 것 같은 기분이 들었다. 소윤 엄마와 서준 엄마의 화제는 도서관 봉사로 넘어가 있었다. 아파트 상가의 태권도장으로 걸어가는 짧은 시간이었으나 어쩐지 내가 둘 사이에 낀 기분이 들었다.

화, 목요일에는 요가만 하니까 그래도 전날보다는 덜 힘들 거라고 예상했는데 원장이 뜻밖의 이야기를 꺼냈다. 수강생들이 태보를 더 하고 싶어 한다는 것이었다. 살을 빼는 게 시급했는지,라는 말을 굳이 덧붙였다. 그래서 태보와 요가를 매일 30분, 20분씩 나눠서 할까 하는데 어떠냐고 물었다. 수강생들은 고개를 끄덕이거나 괜찮다고 대답을 했다. 소윤엄마가 뒤돌아보며 내게 언니도 괜찮죠? 하는 눈빛을 보내왔다. 매일 태보 시간이 있다는 사실만으로 아득해지는 것 같았다.

나는 운동을 못했다. 싫어하고 꺼려서 못하는 건지, 못해서 싫어하고 꺼리게 된 것인지는 모르겠으나 몸을 쓰는 일 자체를 좋아하지 않았다. 세상에서 제일 싫은 운동은 피구, 두 번째로 싫은 건 달리기, 세 번째는 줄넘기, 네 번째는 배드민턴, 다섯 번째는 농구……. 해본 운동은 얼마 없지만 싫어하는 운동을 순서대로 나열하는 건 어려운 일이 아니었다. 그런 내가 유일하게 하고 싶은 운동이 있었는데, 그게 요가였다.

한창 요가 열풍이 일던 시절이 있었다. 연예인들이 요가로 살을 빼고 몸매를 유지한다고 말하던 때였다. 주변 사람들도 요가를 배우기 시작했다. 직장이든 친구들 모임이든 요가 예찬자가 꼭 하나씩은 있었다. 그들의 삶은 여유가 있었고 몸짓은 어딘가 우아했으며 말투는 어쩐지 고상했다. 그러니까 나는 요가를 하며 살 수 있는 경제적 여유와 심적 우아함과 일상의 고상함을 갖고 싶었던 것이다.

넉넉하지 않던 집안이었으므로 운동을 하기 위해 돈을 쓴다는 것 자체를 이해할 수 없었다. 뿐만 아니라 시간을 내어 운동을 한다는 것도 불가능한 이십대였다. 내가 벌어 대학을 졸업했고, 졸업하자마자 취업해 살림비를 보탰다. 2년 상간으로 아버지와 엄마가 세상을 등진 후에는 나 하나 책임지는 일도 벅찼다. 없는 집이었으니 빚을 물려주지 않은 것만으로도 감지덕지였다.

퇴근 후에 아르바이트까지 하며 10여 년간 모은 돈으로 최소한의 혼수를 할 수 있었다. 남편의 벌이가 나쁜 편은 아니었지만 그렇다고 운동에 돈을 쓸 만큼 여유롭지는 않았다. 궁핍하지는 않았지만 절제와 절약을 해야 적금이라도 넣을 수 있었다. 아이들 학원비에도 벌벌거려야 하는데 무슨 내가 운동을 하겠다고. 남편은 자기가 건강해야 식구들을 먹여 살린다고 반년 치 헬스장을 덥석 등록해버리는 남자였으니 나를 위해 쓸 돈은 더더욱 없었다.

그런 내가 소윤 엄마가 요가를 다니자고 했을 때 흔쾌히 응할 수 있었던 건 지난해 남편이 승진해 연봉이 늘었기 때문인지 모른다. 그만큼 아이들에게 들어갈 돈도 늘었지만 마흔 줄이 되도록 1, 2만 원에 절절거리는 여자로 산다는 것에 문득 짜증이 났을 수도 있다. 누군가에게는 거저라는 돈인데, 그 돈이 없는 것도 아닌데, 다니고 싶지 않다는 거짓말까지 하면서 마다하고 싶진 않았다.

수강생들은 다들 참 열심이었다. 나는 아픈 몸을 핑계로 어떻게든 덜 움직이려고 애썼다. 요가나 집중해서 할까 했는데, 원장이 큰 소리로 구령을 외치며 맨 뒤의 내 옆으로 다가왔다. 그러고는 어설픈 내 자세를 하나하나 잡아주었다. 어깨와 팔의 모양, 등허리와 옆구리의 위치를 잡아줄 때마다 진땀이 났다. 꾀를 부리려 치면 눈을 부라리며 고개를 가로로 저었다. 마치 어린애가 된 것 같은 기분마저 들었다.

"오늘은 복부 비만을 없애는 요가를 하겠습니다. 자, 숨 고르시고. 기본자세를 합니다."

매트 위에 무릎을 꿇고 앉아 있던 원장이 팔꿈치와 어깨를 바닥과 직각이 되도록 만든 후 양손 깍지를 꼈다.

"어깨와 귀가 최대한 멀어지도록 어깨의 힘을 빼고 수평을 유지합니다."

그러더니 엉덩이를 하늘을 향해 쑥 올렸다. 원장이 하는 동작을 따라 나도 엉덩이를 위로 쑥 올렸다.

"엉덩이를 최대한 위로 끌어올립니다. 발바닥은 바닥에 밀착하고 시선은 발끝을 바라봅니다. 호흡하시고, 하나, 둘, 셋……."

열다섯까지 센 뒤 상체를 앞으로 밀면서 손 위에 어깨가 올 수 있도록 무게중심을 앞으로 옮겼다. 다리가 덜덜덜 떨렸다. 열셋, 열넷, 열다섯, 엉덩이를 다시 위로 올리고, 셋, 넷, 다섯에 다시 몸을 앞으로 뺐다. 그 동작을 다섯 번 반복했다.

나도 모르게 자꾸 끙끙거리는 소리가 났다. 원장이 자세를 바꿔 깍지를 낀 뒤 머리를 받치고 누운 상태에서 두 다리를 가지런히 모으고 들어올렸다.

"내쉬는 숨에 다리를 바닥에 닿을 듯 말 듯 내립니다. 이 동작을 50회 반복합니다. 하나, 둘, 셋, 넷……."

몇 번밖에 안 했는데도 아랫배가 끊어지는 것 같았다. 이를 악물고 간신히 동작을 마치니 이번에는 누운 상태에서 상체를 들어올려 허공에서 자전거타기를 해야 했다. 중심이 안 잡혀서 버둥거렸지만 어떻게든 30회를 마쳤다. 윗배, 아랫배가 모두 얼얼했다. 왜 복부 비만을 없애는 요가라고 하는지 알 것 같았다.

사흘째 되는 수요일은 몸이 더 천근만근이었지만 역시나 소윤 엄마의 닦달에 못 이겨 도장으로 향했다. 태보 수업을 마치니 숨이 머리끝까지 차올랐는데 여지없이 곧바로 요가 수업이 이어졌다. 그날은 장운동에 좋은 요가라면서 엎드린 활 자세, 다리 모아 크게 원 돌리기, 맷돌 돌리는 자세를 했다. 목요일에는 활력 증진을 위해 무릎 꿇어 상체 기울이기, 앉아서 다리 벌리기, 전사 자세를 했고 금요일에는 생리통 완화와 하체 부종을 위한 요가로 고관절 돌리기나 두 다리를 엇갈려놓은 골반 균형 자세와 위를 향한 강아지 자세, 다리

벌린 메뚜기 자세 등을 배웠다.*

주말이 지나 다시 월요일이 되어 '도권태주아'의 '권'자 아래에서 팔 벌려 뛰기 30회를 하고 나니, 정말 이건 아니라는 생각이 들었다. 소윤 엄마는 이제 그만 체념할 때가 되지 않았느냐며 농담을 했지만 나는 웃을 수 없었다. 다섯 명씩 다섯 줄로 선 여자들이 하나, 둘, 셋, 넷 구호를 외치며 팔을 앞으로 뻗고 다리를 위로 차고 고개를 흔들어대는데 어설프게 따라하던 나는 그냥 우두커니 서버렸다. 그러고는 맨 뒤로 가 바닥에 주저앉아버렸다. 원장이 나를 향해 왜 그러느냐는 눈빛을 보내왔지만 나는 고개를 젓기만 했다. 소윤 엄마가 뒤를 돌아보곤 했다. 그때마다 나는 손사래를 쳤다.

나는 그만둘 생각이었다. 남편이 대놓고 실망을 하더라도, 아이들에게 조금 창피하더라도, 가야 한다고 아침마다 문자를 보내준 소윤 엄마에게 미안해도 더 이상은 못할 것 같았다. 억지로 따라하면 정말 아무렇지 않은 날이 올까? 온다 하더라도 나는 그렇게 익숙해질 때까지의 시간을 견딜 자신이 없었다. 내가 바란 요가 수업은 이렇게 거칠고 촌스러운 풍경이 아니었다. 나는 이십여 명의 여자들의 뒷모습을 바라보

---

* 증상별 요가는 《나를 위한 치유요가》(김선미, 비타북스, 2019)를 참고했습니다.

며 다리를 뻗고 등을 기대앉았다. 둘씩 짝을 지어 하는 근력 운동을 시킨 원장이 내게 다가왔다.

"뭐 하시는 겁니까? 어서 일어나세요."

"힘들어서 도저히 못하겠어요."

"그런 게 어딨어요. 할 만해 보이더만. 일어나지."

"아뇨, 죽어도 못하겠어요."

"그렇지 않다니까."

원장이 나를 억지로 일으켜 세웠다.

"시늉이라도 해. 여기서 그만두면 자기에게 지는 겁니다!"

나는 나를 이기고 싶은 마음이 없었다.

"그럼 왔다 갔다 천천히 걷기라도 하세요."

원장이 끈질기게 시키는 바람에 어쩔 수 없이 제자리걸음이라도 해야 했다. 주먹을 휘두르면 맞은편 사람이 몸을 수그렸다가, 다시 그 역할을 바꿔서 하는 운동이 계속 이어졌다. 여자들의 몸은 제각각 다 달랐다. 키가 크고 작고, 몸집이 있고 없고, 날씬하기도 하고 뚱뚱하기도 하고. 누구 하나 꾀부리지 않고 집중해서 움직이는 걸 보니 거대한 하나의 목적이라도 있는 사람들처럼 보였다. 그러자 문득 나 스스로가 하찮게 느껴졌다.

나는 원래 포기가 빨랐다. 될 때까지, 끝까지 해보는 사람이 아니었다. 처음 시작해보고 아니다 싶으면 부지런히 접고 다른 길을 찾았다. 내 것이 아니겠다 싶은 건 금세 포기했고, 내 길이 아니다 싶으면 얼른 방향을 틀었다. 대학 입시, 취업, 심지어 연애도 그랬다. 좋아하는 사람이 따로 있었지만 연애가 가능했던 남자를 만나 결혼했다. 그것이 세상과 모나지 않게 어울리는 방법이었다.

그날은 혈액 순환 증진을 위한 요가를 했다. 상체를 앞뒤로 둥글리고 젖히기, 어깨 서기, 누워서 팔다리를 흔드는 동작이 이어졌다. 나는 이십여 명의 여자들과 똑같은 동작을 따라하고 있었다. 어쩐지 저버린 것 같은 기분이 들었다.

그날 나는 집에 가는 길에 소윤 엄마에게 내일부터는 안 나가겠다고 진지하게 말했다. 소윤 엄마가 그러지 말라고 만류했다. 원장에게 사정을 말하고 요가만이라도 하라고. 요가는 괜찮지 않느냐고 되물었다.

"뭘 사정까지 말해. 그냥 안 나가면 그만이지."

"정말 그만두실 모양이네?"

서준 엄마가 말했다.

"운동해야 한다면서요."

"요가야 유튜브만 봐도 되는 거고."

"아휴, 언니. 원장이 직접 교정해주는 수업이 낫죠."

"그래요, 언니. 그러지 말고 계속 같이 다녀요."

소윤 엄마와 서준 엄마가 나를 설득할수록 나는 완고해졌다. 아주태권도 오전 요가 수업은 나에게 여유를 주는 곳이 아니었고, 내가 우아하고 고상해질 수도 없는 곳이었다.

"일주일밖에 안 했으니까 남은 금액은 환불받을 수 있겠지?"

내 질문에 대답도 않고 소윤 엄마는 마지막이라는 듯이 힘주어 말했다.

"오늘 저녁에 요가반 모임이 있는데, 거기까지만 나와요."

안 다니려고 하는 사람에게 모임이 무슨 의미인가.

"아는 사람들이 많으면 운동이 더 재밌어질 수도 있어요. 저희도 그렇게 버텼거든요."

서준 엄마가 거드는데, 마침 남편에게 문자가 도착했다. 조기축구회 사람들과 맥주 한잔하고 들어오겠다는 것이다. 그 조기축구야말로 진짜 공은 차는 곳인지, 술 마시려고 어울리는 모임인지 모를 일이었다. 나는 두 애들 데리고 동동거리며 사는데, 처음으로 나를 위해 쓴 돈이 아까워서 그마저도 환불받을지 말지 계산하는 와중인데. 남편은 자기 건강 챙긴다고 운동하고, 그 핑계로 마음대로 사람들과 어울리며 사는 것이 순간 억울했다. 나는 남편에게 곧장 전화를 걸었다.

—나 오늘 모임 있어서 안 되겠어.

—그런 말 없었잖아?

—그렇게 됐어. 오늘은 당신이 애들 챙겨.

내 목소리가 단호했는지 남편이 순순히 알겠다고 했다. 옆에서 통화를 듣던 소윤 엄마와 서준 엄마가 활짝 웃었다.


운동복을 입었을 때는 모두 비슷해 보였는데, 자기 옷을 입고 앉아 있는 걸 보니 다들 처음 보는 얼굴 같은데다가 젊은 엄마들이어서 나는 조금 놀랐다. 도장에서는 별말이 없던 사람들이 도대체 어떻게 입을 다물고 있었는지 신기할 정도로 시끌시끌했다. 좌석의 중간쯤에 앉아 주변 사람들과 이야기를 나누던 소윤 엄마가 나를 발견하고는 손을 흔들었다. 나도 손을 들어 보이곤 맨 끝에 앉았다. 내 뒤로 서준 엄마가 들어왔고, 내 앞자리에 앉았다.

수강생이 전부 모인 건 아니었지만 족히 열댓 명은 되었다. 요가반 모임이지만 화제가 운동에 국한된 건 아니었다. 그래도 여하튼 나와 눈이 마주친 사람들은 위로인지 응원인지 모호한, 처음엔 다 그렇다고, 처음엔 다 힘들다고, 처음엔 자기도 그랬다는 이야기를 해주었다. 그때마다 나는 괜히 면구스러운 기분이 들었다. 서준 엄마가 거보라며 빈 잔에 맥주를 따라주었다.

"그래도 지금껏 중간에 그만둔 사람은 없다?"

"그죠?"

"근데 그만두면 수강료는 어떻게 돼요? 환불되는 게 맞아요?"

서준 엄마가 나를 바라보며 사람들에게 물었다. 누군가 답을 했다.

"그게, 우리 애가 영어 학원을 중간에 그만둔 적이 있는데 수강 시작하고 보름 전에만 취소하면 남은 금액을 환불받을 수 있더라고."

"아, 그래요? 나는 그런 것도 몰랐네."

수강생들은 나만 빼고 다 친해 보였다. 이것도 처음이어서 그렇다 하겠지. 두 번 만나고, 세 번 만나다 보면 나도 저들처럼 자연스럽게 어울릴 수 있다고 하겠지. 불현듯 괜히 왔다는 생각이 들었다.

"근데 환불은 왜?"

"그럼 소개 할인 받았던 사람은 다시 토해내야 하나?"

"설마. 다음달 회비부터 달라지겠지."

무슨 말인지 몰라 무심히 앞접시에 덜어놓은 치킨조각을 헤집어댔다. 어느새 소윤 엄마가 내 어깨를 감싸 안고는 재미있죠?라고 물었다. 나는 말없이 그냥 웃음만 지어 보였다.

소윤 엄마는 여기에서도 총무였다. 안 친한 사람 없이, 못 끼는 화제 없이 여기저기 자리를 옮겨 앉으며 수강생들과 맥주를 마시고 떠들어댔다.

사람들의 화제는 중구난방이었는데, 새로 산 운동복, 아이 담임 뒷담화, 효과 좋은 영양제, 중고로 구입한 명품백, 올 여름 휴가 계획, 남편 허물, 시댁 흉, 맛집 정보와 새로 오픈한 카페, 요즘 유행이라는 불륜사이트 이야기까지 난리도 아니었다. 급기야 부부 잠자리 이야기까지 나온 다음부터 나는 입을 꾹 다물었다. 그런 내밀한 이야기를 주고받을 정도로 친밀한 사람들 같진 않았는데 다들 아무렇지 않은 모양이었다.

"이래봬도 나 요가 하는 여자야!"

어디선가 툭 튀어나온 말이었다. 수강생들이 까르르 웃었다. 그 가운데에 소윤 엄마가 있었다. 소윤 엄마는 모두와 친해 보였다. 이 무리에서는 네일숍 이야기를, 저 무리에서는 중고차 시세에 대해서, 누군가와는 아이들 이야기를 했고, 저마다 다른 소재로 모두와 이야기를 나누는 사람이었다. 그때 누군가 소윤 엄마는 좋겠다는 말을 던졌다.

"몇 명을 소개한 거야? 이러다 공짜 수업 듣는 거 아냐?"

무슨 소린가 싶었다. 내 표정을 본 서준 엄마가 오히려 내게 물었다.

"아, 언니 모르셨어요? 수강생 한 명을 소개해 데리고 오면 수강료가 만 원씩 할인되거든요. 이달 들어 언니까지 아마 다섯 명이던가, 그럴걸요?"

다섯 명이면 5만 원을 할인받아 소윤 엄마는 10만 원에 수업을 받는다는 것이다. 내가 만 원짜리 쿠폰이라는 것인가. 서준 엄마가 아무렇지 않은 듯 나에게 말했다.

"나중에 소윤 엄마가 커피 살 거예요. 그러니까 언니도 그만두시지 말고 계속 하면서 주변에 아는 사람들 데리고 오세요."

나는 정말 아무 말도 할 수 없었다.


소윤 엄마는 좀 취한 모양이었다. 평소와 다르게 팔자걸음을 걸으며 목소리를 키웠다. 자리가 파하기 전에 일어서는 나에게 사람들은 취한 소윤 엄마를 맡겼다. 같은 동이라는 이유였다.

"언니!"

소윤 엄마가 내 팔짱을 끼며 매달렸다.

"내가 언니 많이 좋아하는 거 알죠?"

나는 팔을 빼내 소윤 엄마를 밀쳐냈다.

"좋아해? 좋아해서 그랬어?"

"그럼요. 좋아하지. 아주 좋아하지!"

소윤 엄마가 배시시 웃으며 다시 내 팔에 매달렸다.

"예나가 소윤이랑 잘 놀아주지, 언니는 나랑 잘 놀아주지."

"놀고 있네."

취한 사람을 데리고 말을 해봤자 소용없었다. 나는 소윤 엄마를 내던지듯 내려주고 얼른 엘리베이터의 닫힘 버튼을 눌렀다.

소윤이네가 우리 집보다 형편이 좋지 못했다면 나는 이해 했을까. 그게 뭐 대수냐고 받아치고 말았을까. 나는 소윤엄마를 너그럽게 받아들였을까.

얼마 전 예나가 핸드폰을 바꿔달라고 떼를 쓰는 바람에 호 되게 혼이 난 적이 있었다. 소윤이가 최신 핸드폰을 갖게 되 었다며 자기도 좋은 걸 갖고 싶다는 것이었다. 나는 어린아 이에게 최신 사양의 고가 핸드폰을 사준 소윤 엄마가 이해되 지 않았다. 핸드폰뿐만 아니라 예나의 운동화, 옷이나 학용 품은 소윤의 것들과 비교되곤 했다. 당연히 딸 하나 키우는 집의 아이와 언니에게 물려받는 것들로 자라는 둘째는 차이가 나도 날 것이었다. 예나는 늘 붙어다니는 소윤과 비교해서 부족함을 토로했고, 그때마다 나는 합리적인 소비에 관해 설명하느라 땀을 빼곤 했다.

우리 집과 소윤이네가 비교되는 상황은 생각보다 자주 벌어졌다. 나는 문화생활이라고는 극장에서 영화를 보여주는 것이 전부인데 소윤이네는 미술관과 연주회, 발레며 뮤지컬 공연을 보러 다녔다. 내가 건너 건너 아는 사람에게 부탁해 할인권을 받아 리조트에서 휴가를 보내고 오면 소윤이네는 바닷가 도시로 호캉스를 다녀왔다고 했다. 나처럼 인터넷에서 낮은 가격순으로 검색해 물건을 사는 게 아니라 필요한 게 있으면 당장 백화점으로 달려갔다. 예나가 봉사단체에서 실시하는 편지쓰기 대회에서 입선을 받았지만 소윤이네는 이미 소윤이 이름으로 그 봉사단체에 후원을 해오고 있었다. 공부방에서 전 과목을 복습하는 예나와 과목별로 유명한 프랜차이즈 학원에서 선행을 하는 소윤이는 애초부터 시작이 달랐다. 뿐인가, 전세와 자가, 차 한 대와 차 두 대, 7년째 입어오던 레깅스를 매일 빨아 입고 운동을 가는 나와 유명 브랜드 운동복을 요일별로 갈아입는 소윤 엄마를…… 알뜰하게 사는 것과 편리하게 사는 것에 대해서 예나에게 설명해줘야 하는데 나는 자꾸 나를 설득하곤 했다. 있는 척하지 않고 나를 잘 따라주지 않니. 그래도 예나의 단짝은 소윤이잖아. 그동안 같이 보낸 시간이 얼만데. 그래봤자 나는 만 원짜리 였다. 만 원짜리인 줄도 모르고 그랬다.

남편은 한 달은 고사하고 열흘도 채우지 못한 나의 부족한 끈기를 비웃었고 유나는 그럴 줄 알았다고 했으며 예나는 왜 요즘은 소윤이랑 같이 놀지 못하게 하느냐고 떼를 쓰곤 했다. 나는 이유를 말해주지 않았다.

아침 일찍 식구들이 모두 나가고 나면 빨래를 돌리고, 청소를 한 다음, 요가매트를 간다. 유튜브를 열어 서리요가, 에일린, 요가테라스 같은 채널을 열어놓고 따라했다. 내가 왜 이걸 하는지 모른 채 코브라 자세, 반달 자세, 화환 자세, 나비 자세, 삼각 자세, 쟁기 자세 등을 따라했다. 점심나절이 될 때까지 내 몸을 가만히 두지 않았다. 몇 시간씩 요가 동작을 따라하며 몸 안의 물기를 다 빼려는 듯이 땀을 흘리고 또 흘렸다. 마치 처음부터 요가를 잘 해왔던 사람처럼, 마치 누구에게 보여주려고 작정이나 한 듯이, 그렇게.

처음, 앤솔로지 제의를 받았을 때 나는 주저 없이 하겠다며 좀 뻔뻔하게 대답했다. 마치 요가를 해봤던 사람처럼, 제법 해왔던 사람처럼, 꽤나 잘 아는 사람처럼 굴었다. 사실을 고백하자면 나는 몇 해 전, 요가를 딱 한 달 배워본 게 전부인 사람이었다. 팬데믹 사태가 벌어지고 홈트가 유행이길래 괜히 나도 해보겠다며 유튜브의 요가 채널을 틀어놓고 스트레칭을 한 정도가 전부였다. 그래도 뭐 어떠냐 싶었다. 소설이 경험한 것만 쓰는 건 아니니까. 조금 더 솔직히 고백하자면 앤솔러지 제의를 해준 후배가 좋아 거절하기 싫었던데다, 그와 함께 소설이 실리는 책을 갖고 싶은 마음도 컸다.

제의에 응하고 나니, 그때부터 걱정이 들었다. 뭘 알아야 쓸 수 있지 않겠는가. 한 달 배운 걸로, 유튜브를 보며 몇 번 따라해본 걸로 소설을 쓰기란 역부족이었다. 그러나 소설가들이란 무릇 무언가 배우기에 앞서 제일 먼저 하는 일이 책부터 사는 족속이니, 나는 요가에 관한 책을 사들이기 시작한다.

요가에 관련된 책들은 대체로 '건강/취미/레저'의 카테고리에서 '건강운동'으로 분류되었고, '종교/역학'에서 '명상/선'의 항목에도 포함되는 군이었다. '인문학'에서는 '인도철학'이나 '동양의 신화와 전설'에 포함되기도 했고, 관련 '에세이'도 무척 많았다. 뿐인가, 요가 잡지도 있다.

자료가 많을수록 좋은 소설을 쓸 수 있을 것 같은 착각에 빠졌고, 그래서 나는 요가와 관련된 소설을 쓰기 위해 요가를 책으로 익힌 사람이 돼버렸다. 물론 이 소설을 쓰는 시기에는 열심히 유튜브 요가 채널을 구독하고 성실히 따라했다. 그러니까 나는 요가를 했다,가 아니라 요가를 따라했다,에 맞는 사람이 되었지만.

아무튼 이 소설을 쓰는 동안 요가에 푹 빠졌었다고 밝히고 싶다. 어설프게나마 동작을 따라하면서도 하고 나면 뭔가 이룬 듯 성취감이 들었고, 땀을 흘리고 난 뒤의 개운함이 좋아 귀찮다고 마다하는 두 딸들에게도 억지로 같이 하자고 이끌기도 했다. 그러니까 나는 요가 하수로서 최선을 다한 하수가 되었달까.

요가를 모르는 사람이 요가에 관련된 책을 읽고 요가에 관한 소설을 쓰는 일은, 한마디로 요가를 따라하는 일처럼 쉬운 것 같았지만 어려웠고, 거뜬히 해낼 수 있을 것 같았지만 중간에 턱턱 막히는 일이기도 했다. 요가를 사랑하는 사람들에게 실례가 되는 소설을 쓴 건 아닌가 걱정도 들지만, 내가 경험한 요가가 요가가 아니라고 말할 수 없듯이, 이 소설도 요가에 관한 소설로 읽혔으면 좋겠다.

아무튼 이 모든 게 다 요가 덕분이다.《세상이 멈추면 나는 요가를 한다》덕분인 것이다.

# 가만히 바라보면

김혜나

김혜나

장편소설 《제리》로 제34회 오늘의 작가상을 수상하며 등단했다. 소설집 《청귤》, 중편소설 《그랑 주떼》, 장편소설 《정크》《나의 골드스타 전화기》《차문디 언덕에서 우리는》이 있다. 제4회 수림문학상을 수상했다. 국내에서 요가 지도자 과정을 이수한 뒤 인도 마이소르에서 아쉬탕가 요가를 수련하고 요가 철학을 공부했다.

엎드려 누운 잠에게서 옅은 숨이 새어나왔다. 나는 식탁 의자에 앉아 미지근하게 식은 차를 마시며 잠이 누워 있는 모습을 바라보았다. 가늘고 기다란 몸, 높게 올려 묶은 머리카락, 화장한 채로 번들거리는 얼굴. 찻잔을 들어 차를 한 모금씩 들이마실 때마다 깊은 숨이 쉬어졌다. 자그마한 방 안에 투명한 공기 방울이 날아다녔다. 차를 마시고 숨을 쉬고 몸을 움직일 때마다 공기 방울이 다가와 부딪쳤다. 나는 찻잔을 내려놓고 손바닥으로 팔뚝을 쓸어내렸다.

음, 소리를 내며 잠이 옆으로 돌아누웠다. 크고 둥근 잠의 젖가슴은 조금도 흐트러지지 않았다. 커다란 젖가슴에 방울처럼 매달린 젖꼭지가 나를 바라보는 듯했다. 그 크고 단단한 젖가슴을 나도 그저 바라보았다. 잠이 숨을 쉴 때마다 가슴팍이 부드럽게 오르내리는 모습을 바라보고 있으면 어쩐지 마음이 편안해졌다. 나는 식탁 위에 놓인 찻잔을 밀어두고 양다리를 접어 의자 위로 올렸다. 양팔로 무릎을 그러모은 뒤에 잠의 얼굴을 가만히 바라보았다. 잠든 걸까, 잠들지 않은 걸까? 잠든 것과 잠들지 않은 것 사이에는 무엇이 있을까? 우리는 그것을 어떻게 알아볼 수 있을까? 두터운 인조눈썹이 붙어 있는 잠의 눈꺼풀이 서서히 밀려올라갔다. 커다랗고 새카만 눈동자가 나를 보며 물었다.

"뭐 해?"

"그냥 있어."

"왜 나를 보고 있어?"

"네가 여기 있으니까."

"일어나기 싫어."

"일어나지 마."

"언젠가는 일어나야 하잖아."

"그게 언제인지는 아무도 알 수 없어."

"지금이 아닌 건 분명해."

그렇게 말하면서도 잠은 자리에서 일어나 내가 앉은 자리 쪽으로 다가와 물었다.

"이건 무슨 차야?"

"보이차. 방콕의 중국인 거리에서 샀어."

"녹차하고 다른 거야?"

"원료는 다 똑같은 잎이야. 보이차는 중국 전통 방식으로 잎을 건조하고 숙성한 거지."

"건조하고, 숙성한다."

"건조하고, 숙성하지."

나는 숙우에 담긴 차를 빈 찻잔에 따라 잠이 앉은 자리 앞으로 놓아주었다. 잠은 차를 후루룩 들이켜고 찻잔을 내려놓았다. 그러고는 입고 있던 원피스를 위로 끌어올려 벗어두고 나에게 말했다.

"씻고 갈래."

"나는 밥을 사러 갈래."

"이따가 봐."

잠은 뒤돌아보지 않은 채 내게 인사하고는 욕실 안으로 들어갔다. 나는 방에서 빠져나와 엘리베이터가 있는 쪽으로 걸어갔다. 십여 개의 방이 다닥다닥 붙어 있는 낡은 아파트 건물의 복도는 길고 좁고 어두워 이곳을 걸을 때마다 뱀의 몸통이 떠올랐다. 파타야 해변의 습기와 염분을 가득 머금은 이 건물은 단단하기보다는 물렁한 느낌이 들었다. 복도 바닥에 깔아놓은 검붉은 카펫 또한 금방이라도 꿀렁이며 살아 움직일 것만 같았다.

이 복도 위에서 잠을 처음 보았다. 큰 키에 비쩍 마른 몸, 긴 머리칼을 풀어헤친 채 샌들을 신고 엉덩이를 흔들며 걸어오는 여자. 나는 주로 새벽 시간에 해변을 산책하고 숙소로 돌아오다가 그녀와 마주치곤 했다. 그녀는 항상 가면처럼 두꺼운 화장을 하고 굽이 높은 샌들을 신은 채로 걸었다. 그런 그녀가 지나간 자리에는 진한 향수 냄새가 떠다녔다. 향수 냄새를 따라 그녀에게 가까이 다가가면 가늘고 마른 몸에 커다란 근육과 관절이 튀어나와 있는 게 보였다. 그 사이로 뻗어나온 혈관 또한 매우 넓고 두터웠다. 그녀의 진한 화장과 화려한 옷이 커다란 뼈와 근육과 핏줄까지 감추지는 못했다. 염색체란 무엇일까? 무엇이기에 인간의 힘으로는 바꿀 수 없는 걸까? 가늘고 긴 복도를 걸어나가는 그녀의 뒷모습을 바라보며 나는 홀로 질문을 던져보곤 했다.

잠이 트랜스젠더이기 때문에 말을 걸기가 어려운 것은 아니었다. 태국에서는 게이, 레즈비언, 트랜스젠더에 대한 혐오와 차별이 존재하지 않아 누구나 다 그들과 자연스럽게 어울렸다. 다만 8층 높이에 기다란 직사각 형태로 지어진 이 아파트 안에서 머무는 사람들은 누군가와 눈을 맞추거나 말을 걸지 않는 게 일반적이어서 그녀에게도 말을 걸 수가 없었다. 이곳에 오기 전까지만 해도 나는 막연히 외국 사람들은 이웃과 편하게 웃으며 인사 나누지 않을까,라고 상상하곤 했다. 그것은 당연히 할리우드 영화를 통해서 보아온 허구의 세계에서 비롯된 인상일 테지만, 그럼에도 이웃 간의 소통이 한국에서보다는 자연스럽지 않을까 짐작했던 것이다. 그러나 이곳 파타야에서는 아파트 공간은 물론 길거리 어느 곳에서도 사람들이 서로를 쳐다보거나 인사하지 않았다. 다들 어딘가 모르게 삼엄한 눈빛으로 텅 빈 곳을 바라보기만 할 뿐 결코 타인을 바라보지 않는 것이었다. 그 눈빛 속에는 서로에 대한 경계와 혐오보다는 스스로에 대한 권태와 냉소가 담겨 있는 듯 보였다. 미적지근한 온도로 가라앉은 그들의 눈빛은 미미한 불 위에서 얕게 끓어오르는 죽 같아 보였고, 그 시선들 속으로 내 존재 또한 한없이 가라앉았다.

아파트 정문에서 나와 오른편 길로 나아가면 눈부시게 더러운 파타야 바다가 펼쳐졌다. 아직 정오도 되지 않은 시간이라 거리는 한산하기 그지없었다. 나는 해변을 등지고 골목 안쪽으로 걸어 들어갔다. 밤이면 유흥업소에서 일하는 키 작고 강마른 여자들이 줄지어 서서 진을 치고 있는 이 거리는 가느다란 골목들이 줄줄이 이어져 나오는 지점이었다. 그래서인지 이곳을 걸을 때마다 잘 바른 생선가시 사이를 돌아다니는 듯한 느낌이 들었다.

잠이 맨 처음 내 방 침대 위에 아무렇지도 않게 누워 잠을 자고 있던 것도 이 시간쯤이었다. 한 달 전, 여느 때와 마찬가지로 새벽에 해변 산책을 마치고 방으로 돌아와 욕실에서 샤워를 하고 나왔을 때, 잠이 내 방에 있었다. 그녀는 큐빅이 잔뜩 박힌 황금색 원피스를 입고 샌들도 벗지 않은 채로 내 침대에 배를 깔고 엎드려 누워 있었다. 나는 두 달째 파타야에서 머물고 있었지만 모두 다 홀로 살아가는 이 오래된 아파트에서 누군가 내 방문을 두드리거나 방으로 찾아오는 경우를 본 적이 없었다. 이따금 방문 잠그는 것을 잊고 방 안에 오래 머물거나 방문을 열어둔 채 아파트 앞 편의점에 다녀오는 때가 있기도 했지만 그렇다 한들 무슨 일도, 아무 일도 일어나지 않았다. 누군가 다녀간 흔적이라거나 사라진 물건 같은 것 또한 전혀 없었다. 이곳에서 내가 방문을 활짝 열어놓은 채 지낸다 한들 어느 누구도 내 방에 관심을 가지고 들여다보거나 들어서지 않을 것이었다.

그런 내 방에 누군가 들어와 있었다. 이상하게도 그 일은 그다지 충격적이거나 무섭게 다가오지 않았다. 내가 이 아파트에서 지내며 그녀를 이미 마주친 적이 있고, 바로 옆방에 그녀가 살고 있다는 사실까지도 알고 있기 때문일까? 서로 인사하거나 대화해본 적은 없지만 나는 분명히 그녀의 존재를 알고 있고 그녀도 나를 알고 있으리라는 확신이 들었다.

나는 잠든 그녀를 깨우지 않고 조심스럽게 내 옷가지를 찾아 입었다. 그리고 그녀가 깨지 않도록 조용히 방에서 나와 지금 이 길을 그대로 걸어 노천 식당이 즐비한 골목으로 향했다. 그곳에서 따뜻한 두유와 숯불구이 토스트를 두 개씩 사서 방으로 돌아갔다. 포장지를 벗겨 토스트를 조금씩 베어물면서도 나는 여전히 내 침대에 누워 있는 그녀를 바라보았다. 언젠가 일어나겠지, 그리고 돌아가겠지. 나는 그렇게 생각했다. 토스트를 절반 정도 먹었을 즈음 그녀가 가늘게 눈을 뜨더니 나를 향해 물었다.

"뭐 먹어?"

"토스트."

"나도 먹고 싶어."

"네 것도 있어."

나는 턱을 치켜들어 아직 포장을 뜯지 않은 토스트를 가리켰다. 그러자 그녀는 베개 위로 손바닥을 짚으며 마치 코브라와 같은 자세로 몸을 일으켜 식탁 앞으로 다가왔다. 그러고는 자연스럽게 내 앞에 앉아 토스트를 먹기 시작했다.

"나는 왜 여기에 있는 거야?"

그녀가 나에게 물었다. 나 또한 그게 궁금했다. 나는 왜 여기에 있는 것일까? 여기서 무엇을 하고 있는 것일까? 수도 없이 묻고 또 물었지만 답을 알 수 없었다. 그럼에도 질문은 끝내 사라지지 않고 반복됐다.

그녀는 잠Jam이라고 했다. 태국인들의 본명은 매우 길고 발음이 어려워 그들 대부분이 이름의 첫 글자만 사용하는 경향이 있었다. 나는 그녀에게 진짜 이름이 무엇이냐고 물어보려다 어차피 기억하지 못할 것 같아 그만두었다. 그 뒤로도 잠은 이따금씩 내 방에 들어와 침대에 엎드려 누워 있었다. 새벽에 요가를 수련하던 습관을 버리지 못한데다가 시차까지 더해져 태국에 머무는 내내 나는 너무 일찍 깨어났고, 그럴 때마다 밖으로 나가 망연히 해변을 걷다 돌아왔다. 그렇게 돌아오는 길에 일을 마치고 들어오는 그녀와 마주쳐 자연스럽게 내 방으로 함께 오는 경우가 잦았고, 때로는 내가 없는 방에 그녀 혼자 들어와 누워 있기도 했다.

파타야의 뜨거운 햇빛이 피부 모공을 뚫고 들어오는 듯했다. 관광객들은 대개 짧은 바지와 민소매 차림으로 다니지만 이곳에서 삶의 터전을 일구고 살아가는 사람이라면 어떻게든 햇빛을 차단하기 위해 애를 썼다. 나 또한 이곳에 들어와

산 지 2주 가량 되었을 무렵부터 다리 전체를 덮는 요가 팬츠와 소매가 긴 카디건을 입고 목에는 스카프까지 두른 채로 돌아다니게 됐다. 그렇게 신경을 써서 햇빛을 차단해도 피부는 나날이 그을어 요새는 태국인들마저 나를 태국인으로 오인하는 경우가 잦았다. 음식을 주문하거나 길을 묻는 등의 간단한 생존 태국어 회화마저도 점점 그들의 억양을 닮아갔다. 그러고 보면 인간이라는 존재가 환경에 따라 변화하는 존재인지 아니면 그것에 적응하는 존재인지 헷갈리곤 했다. 나는 변해가고 있는 것일까, 돌아가고 있는 것일까?

노천 식당에서 돼지고기 덮밥 2인분을 사서 방으로 돌아와 잠과 함께 먹었다. 그러고 나서야 잠은 자신의 방으로 돌아갔다. 나는 밀린 빨래를 모아 바구니에 담은 뒤 옥상에 있는 공용 세탁실로 가져갔다. 세탁기에서 빨래가 돌아가는 동안에는 옥상의 그늘진 자리에 앉아 탄산수를 마시며 책을 읽었다. 파타야에서는 햇빛만 피하면 어디든 바닷바람이 선선하게 불어왔다. 세탁이 끝난 뒤에는 빨래를 꺼내어 건조대 위에 널어두고 또 책을 읽었다. 뜨거운 햇볕 아래 널어놓은 빨래는 삼십여 분 만에 보송보송하게 말랐다.

잘 마른 빨래를 걷어 방으로 돌아가 좀 더 쉬다가 오후 2시쯤 밖으로 나갔다. 그러고는 아파트 건물 1층에 있는 편의점에서 코코넛주스를 하나 사서 보도블록에 걸터앉아 들이마셨다. 주스를 다 마셨을 즈음 잠이 다가오는 게 보였다. 나는 자리에서 일어나 잠과 함께 파타야 남부도로를 따라 걸었다. 일부러 느릿하게 움직이는데도 시간은 좀체 흐르지 않는 듯했다. 정처 없이 달리는 썽태우가 다가오자 잠이 손을 흔들었다. 이내 멈춰 선 썽태우에 올라타니 승객이라고는 백발의 백인 남자 한 명과 젊고 자그마한 태국 여자 한 명뿐이었다. 둘은 이곳에서 커플로 지내는 모양인지 시종 딱 달라붙어 있었지만 대화를 나누지는 않았다.

아직도 햇볕이 뜨겁게 내리쬐는 시간이라 거리는 한산하기 그지없었다. 썽태우는 워킹 스트리트에서 해변을 등지고 유턴해 파타야 제2도로 위로 달려나갔다. 그렇게 십여 분 정도 더 가서 그 도로가 끝나는 지점에 자리한 티파니 극장 앞에서 하차벨을 누르고 썽태우에서 내렸다.

잠과 나는 티파니 극장 중앙정원에 설치된 분수를 빙 돌아 극장 후문으로 들어갔다. 실내로 들어서자 지하로 내려가는 계단이 먼저 보였다. 계단을 따라 내려가니 여러 개의 문들이 나왔고 잠은 그중 분장실 문을 열어젖혔다. 그 안에는 여러 명의 단역 무용수들이 저마다의 의상으로 갈아입고 화장을 하고 담배를 태우고 간식을 먹는 중이었다. 나는 평상

시에도 요가복을 입은 채로 다니지만 잠은 바지를 입고 다니기 싫다며 꼭 이곳에 와서 옷을 갈아입었다. 잠이 가방을 든 채로 탈의실에 들어가 옷을 갈아입는 동안 나는 분장실 한쪽에 놓인 소파에 앉아서 잠을 기다렸다. 워낙에 많은 사람들이 들락날락하는 곳이라 그런지 누구도 나에게 무슨 일로 왔느냐고 묻지 않았다. 내 옆에서 담배를 태우고 있던 무용수 한 명만이 나에게도 담배를 피우겠느냐며 말을 걸어왔고 나는 괜찮다고 대답했다. 맞은편에 놓인 소파에는 연습복 차림의 무용수들이 앉아서 간식을 먹고 있었다. 그들이 앉은 소파 앞 탁자에는 닭튀김, 생선튀김, 족발, 국수, 볶음밥, 샐러드, 생과일 조각 등이 두서없이 올라와 있었다.

요가복으로 갈아입은 잠이 탈의실 문을 열고 나와 나도 그만 소파에서 일어났다. 분장실 문을 열고 나가려는데 바깥쪽에서 먼저 문이 열리더니 린이 안으로 들어왔다. 파타야 티파니 쇼의 슈퍼스타인 린을 모르는 사람은 아무도 없기에 나는 당연히 그녀를 알아봤지만 그녀는 나를 알지 못하므로 따로 인사를 나누지는 않았다. 다만 린은 잠을 분명히 보았음에도 그녀에게 인사조차 하지 않았다. 잠도 그녀에게 인사하지 않고 밖으로 나갔기에 나도 잠을 따라 나가며 분장실 문을 닫았다.

"젠장, 저년은 왜 이렇게 일찍 기어나온 거야?"

잠은 혼잣말하듯 빈정댔다. 그 말은 나에게는 들렸지만 문 안쪽에 있는 린에게는 들리지 않았을 것이다. 잠과 나는 복도 가장 끝에 있는 연습실로 들어갔다. 무용수들이 모여 연습하는 공간 중에서 가장 작은 크기였지만 춤이 아닌 요가 동작을 연습하기에는 충분했다. 지난달에 서로의 소셜미디어 계정을 공유했을 때 잠은 내 계정에 올라와 있던 요가 시연 동영상을 보더니 뭔가 대단한 발견이라도 한 과학자처럼 신이 나서 내가 했던 요가 동작들을 자신에게도 가르쳐달라고 했다. 그것은 지난해 서울에서 열린 요가 축제 때 내가 일하던 요가원 동료 강사들과 함께 준비한 무대였다. 요가 만트라로 이루어진 명상 음악을 배경으로 고난이도 요가 동작들만 줄줄이 이어지는 구성이라 초보자들은 따라할 수도 없고 따라해서도 안 되는 위험한 프로그램이었다. 그럼에도 잠은 내가 했던 요가 동작들을 짜깁기해 인도식 무대 의상을 입고 다음달 티파니 쇼의 무대를 따내기 위한 경연에서 선보이고 싶다고 말했다. 시작 부분에서 명상 음악과 함께 요가 동작들을 선보이고, 이후에 발리우드 음악을 틀어 인도식 춤을 추면 화려하고 신비로운 인상이 배가 될 거라는 주장이었다. 잠이 그토록이나 저돌적으로 매달리는 모습을 보는 것이

처음이라 나는 당혹스러웠다. 더구나 반드시 그 동영상에 나오는 요가 동작들을 그대로 가르쳐달라는 요구는 들어주기가 어려웠다. 해마다 개최되는 요가 축제에서 요가원 원장은 강사들이 더 어렵고 화려한 요가 동작을 다른 요가원 강사들 앞에서 선보여주길 원했고, 강사들은 원장의 뜻에 따라 해마다 더욱더 기이한 동작들로만 시연 무대 구성을 짜왔다. 때문에 요가 축제 기간만 다가오면 요가 수련이나 수업보다 시연 무대를 위한 연습에만 집중하게 돼버렸다. 선천적으로 타고난 유연성이 좋아 몸을 뒤로 젖히는 후굴 동작을 잘해내던 나에게는 남들보다 더 무리가 되는 동작들이 주어졌고, 그렇게 연습하던 도중 요추에 부상을 입고 말았다. 결국 나는 시연 무대에 오를 수 없었음은 물론이고 오래 해왔던 요가 수업까지 그만둬야 했다. 수업이야 잠시 쉬었다가 다시 구할 수도 있겠지만 그러려면 인맥을 잘 쌓아놔야 했다. 오랫동안한 요가원에서만 일하며 다른 요가 협회의 행사나 특강에는 참여해본 적 없던 나로서는 새로운 수업 자리를 구하기가 쉽지 않을 터였다. 최소 4주간 허리를 쓰면 안 된다는 진단을 받고 딱 그 기간만큼만 내 수업을 대신 해줄 강사를 써주면 안 되겠느냐고 원장에게 부탁했으나 장기 대리 강사를 쓸 수는 없다는 대답만 돌아왔다.

요가원 일을 그만두고 나서 통원 치료를 받다가 어느 정도 통증이 줄어들었을 무렵 나는 곧장 태국으로 떠나왔다. 이곳에서 누군가 만날 사람이 있다거나 꼭 가봐야 할 곳이 있는 것은 아니었다. 다만 지난해 봄 동료 요가 강사들끼리 모여 일주일간 참여했던 해외 요가 연수 과정이 태국 꼬팡안에서 있었고, 단체 일정 탓에 제대로 돌아보지 못했던 휴양지를 좀 가보고 싶었다. 특히나 평소 체온이 낮은 편인데다가 땀을 거의 흘리지 않는 나는 태국의 무덥고 습한 기후 속에서 오래 머무르고 싶었다. 그때는 단체로 빠듯한 일정을 소화하기 바빴기에, 한국으로 돌아가고 난 뒤 태국에서 아무것도 하지 않으며 홀로 시간을 보내고 싶다는 생각을 자주 했다. 어차피 한국에서 요가 수련도 수업도 하지 못하는 채로 지내야 한다면 태국의 습하고 따뜻한 기후 속에서 그렇게 지내고 싶었다.

　방콕에 도착한 나는 실롬역 근처의 게스트하우스에 머물며 새벽마다 옥상 정원에 올라가 앉아 있었다. 새벽이라고 해도 기온은 언제나 36도를 웃돌고 햇볕도 쨍쨍했다. 그곳에 가만히 앉아 두 눈을 감고 호흡을 고르면 모든 게 다 아무것도 아닌 일처럼 다가왔다. 지난 10년간 지속적으로 이어온 요가 수련과 강습, 고난도 아사나를 완성하기 위해 매트 위에서 흘려온 땀과 그 위에서 얻은 부상들, 누구보다 잘하고 싶고 누구에게나 보여주고 싶었던 아사나들. 그 모든 게 다 아무것도 아닌 것처럼 한순간에 사라져갔다. 그중에서도 가장 큰 상실감은 내 일이나 몸이 아닌 관계에서 왔다. 요가 수업은 어차피 혼자서 하는 것이기에 강사들끼리 뭔가를 함께하거나 마주칠 기회가 딱히 없기는 했다. 물론 요가원에서 단체로 요가 연수를 떠나기도 하고 요가 축제를 준비하는 등의 이벤트가 있긴 했지만 그럴 때에도 언제나 서로를 '선생님'이라고 부르며 적당한 거리를 유지하게 마련이었다. 그 안에서 나름대로 친분을 쌓고 가까워지는 강사들이 아주 없지는 않지만, 부상을 입고 나서 지난 시간을 돌이켜보니 나에게는 개인적인 일까지 공유할 동료나 친구가 없었다. 요가를 수련하고 요가원에서 일하던 중에는 이런 종류의 상실감을 느끼지 못했는데, 요가를 할 수 없게 된 지금 나에게 남은 것은 아무것도 없는 듯했다.

내가 무언가 잘못이라도 한 걸까? 나의 어떤 부분이, 무엇이 나를 이렇게 만든 것일까? 요가를 수련하고 가르치는 이유는 오직 스스로 행복해지기 위함일 뿐이었다. 자신의 인생이 잘못되기를 바라는 사람은 아무도 없을 텐데, 안 좋은 방향으로 나아가고 싶은 적이 없었는데, 그럼에도 불구하고 삶에서 안 좋은 일들을 맞이하게 될 때 나는 무엇을 할 수 있을까? 누군가 나에게 가르쳐주었으면, 이때는 이렇게 하고 저때는 저렇게 하라고, 그러면 이겨낼 수 있을 거라고 가르쳐주기를 바랐지만 그런 일은 결코 일어나지 않았다.

태국에서 머무는 시간이 길어지며 나는 보다 저렴하고 한적한 숙소를 찾아가기로 했다. 아무래도 게스트하우스보다는 단기임대 아파트를 찾는 게 나을 성싶었다. 게스트하우스에서 만난 여행자들에게 아무것도 하지 않고 조용히 지낼 만한 곳을 아느냐고 물으니 태국 북부의 작은 마을 빠이 혹은 남부 해안 끄라비에 가보라고 추천해주었다. 하지만 모두 방콕에서 비행기를 타고 이동해야만 하는 거리였다. 짧은 비행이라 해도 기내의 비좁은 좌석과 기압을 견디기에는 아직도 허리 상태가 썩 좋지 않아 아무래도 꺼려졌다. 그때 누군가 조심스럽게 파타야에 가보라고 말했다.

"여기서 아무것도 하고 싶지 않은 거라면, 나는 파타야를 추천하고 싶어."

그 여행자는 파타야에서 머무는 동안에는 정말로 아무것도 하지 않고 살아도 괜찮겠다는 생각을 자주 했다고 덧붙였다.

"그곳은 모두가 아무것도 하지 않는 곳이니까, 다들 아무런 생각도 의식도 없이 유령처럼 떠도는 곳이니까 말이야.

그곳에서는 내 과거도 미래도 현재도 없고, 내가 모두 사라진 것 같았어."

꼭 그 여행자의 말 때문만은 아니었지만, 나도 파타야에 한 번쯤 가보고 싶었다. 태국을 여행해본 사람이라면 누구나 들르는 곳이지만 누구도 추천하지 않는 여행지. 방콕에서 이동이 쉽다는 이점 외에는 아무것도 얻을 게 없다는 환락가. 인생에 실패한 사람들이 마치 조류에 떠밀리듯 들어와버린 더러운 해안 도시. 나는 왠지 그곳으로 가고 싶었다.

다음날 나는 방콕 동부 터미널로 가서 파타야행 버스를 탔다. 그곳에서 버스를 탈 때만 해도 일단 한번 가보자는 생각이었을 뿐, 이렇게까지 오래 머물려는 계획은 아니었다. 한데 파타야에 도착한 뒤부터 나는 극심한 무기력증을 앓았다. 뜨거운 햇빛과 바다의 염분을 품은 습도에 내 몸은 눅진눅진하게 녹아내리는 듯했고, 나는 아무것도 할 수 없었다. 이렇게 살아도 되는 걸까 싶을 정도로 아무것도 하지 않는 시간이 정말로 매일 이어졌다. 온몸이 다 녹아나는 듯한, 그에 따라 의식도 모두 녹아나버린 듯한 날들이었다.

무기력증으로부터 벗어난 건 잠에게 요가를 가르쳐주기로 약속한 뒤부터였다. 잠이 빠른 시일 안에 고난도 요가 동작을 몸에 익혀 경연에 나가기를 원했기에 나는 매일 오후 2시쯤 잠과 함께 티파니 극장의 지하 연습실로 가서 요가를 가르쳐주었다. 내가 알려주는 대로 몸을 움직이며 요가 동작들을 만들어나가는 잠의 신체는 길고, 강하고, 뻣뻣했다. 유연성을 타고나긴 했지만 체력이 약하고 근력이 부족한 내 몸과는 확연히 달랐다. 잠은 이곳에서 춤 연습을 하는 것 말고는 딱히 몸을 많이 쓰거나 운동을 하는 게 아닌데도 기본적으로 타고난 근육과 체력이 그 몸을 단단하게 떠받치고 있는 듯 보였다. 나에게는 잠이 가진 것처럼 자연적으로 생성되거나 유지되는 근육이 없었고, 어쩌면 그래서 부상을 얻은 것일지도 모르겠다는 생각이 들었다. 요가를 하면 할수록 남성과 여성의 신체가 얼마나 다른지, 잠과 나는 얼마나 다른지, 우리가 가지고 태어난 것과 그렇지 못한 것들이 무엇인지 확연하게 드러나 보여 씁쓸한 기분이 들었다.

"목과 어깨에 힘을 빼. 계속 그렇게 힘을 주고 있으니까 더 무겁고 뻣뻣해 보이잖아."

바닥에 엎드린 채로 상체를 들어올리며 부장가사나(코브라 자세)를 만들어 보이는 잠의 어깨가 위로 한껏 솟아 있었기에 한마디하자 잠은 이런 동작들은 도저히 안 되겠다고 말하며 매트 위로 드러누워버렸다. 그러고는 곧장 다시 일어서더니 몸을 거꾸로 세우는 핀차 마유라사나(공작깃털 자세) 혹은 아도 무카 브륵샤사나(물구나무 자세) 같은 동작들을 가르쳐 달라고 했다.

"무대에서는 무조건 크고 화려하게 보여야 해. 마유라는 공작이잖아. 사람들은 깃털을 펼친 공작새의 모습을 보길 원하지, 바닥을 기는 뱀의 모습을 보길 원하는 게 아니야."

잠의 말을 들으며 나는 낮게 한숨을 내쉬었다. 하체와 어깨 힘이 좋은 잠에게는 두 손으로 바닥을 짚고 몸을 모두 들어올리는 물구나무서기와 같은 자세들이 어렵지 않을 터였다. 하지만 그렇게 신체의 근력만으로 요가 동작을 만들어 버티다 보면 부상을 입기 쉬웠다. 내부의 힘이 제대로 작용하지 않는 상태에서 그런 식의 역자세를 시도하느라 어깨가 더욱 단단하게 굳어가고 있는 것이라고 아무리 설명을 해도 잠은 내 말을 곧이곧대로 듣지 않았다.

"나에게는 시간이 없어. 누구도 따라할 수 없고 오직 나만 할 수 있는 것을 해야 경연을 통과할 수 있고, 그래야 무대에 오를 수 있어."

잠은 오히려 너무 느긋한 내가 답답하다는 듯이 하소연했다. 나도 지지 않고 말했다.

"그것은 요가가 아니야. 네가 하는 것은 '요가 동작'일 뿐, 진짜 '요가'가 아니란 말이야."

"나에게는 요가보다 무대가 더 중요해. 나도 빨리 린처럼 무대에 서야 해. 하루 빨리 그 애처럼 되는 것만이 내가 행복해지는 길이야. 왜 그걸 모르는 거야?"

"요가는 타인을 따라가는 것이 아니야. 지금 너보다 잘나가는 린처럼 되기 위해 하는 게 아니라, 바로 너 자신이 되기 위해서 하는 거야. 그게 바로 네가 말하는 행복해지는 길이라고."

"아트만이니 사마디니 하는 것들에는 하나도 관심 없어. 나는 그저 신기해 보이는 요가 동작을 하려는 것뿐이야. 네가 했던 것도 그런 거였잖아. 그래서 너도 무대에서 공연을 한 거잖아."

나는 더 이상 할 말이 없어 두 손을 들고 말았다. 이것이 진정 잠을 돕는 일인지 확신하지 못한 채로 그녀가 원하는 동작을 보여주기 위해 매트 위에 섰다.

"지금 내 허리 상태가 좋지 않아서, 벽을 이용해서 해볼게."

나는 그렇게 말하고 벽과 접한 매트 앞쪽에 손바닥과 팔꿈치를 대고 엎드려 섰다가 아랫배에 힘을 준 뒤 두 발을 공중으로 차올렸다. 역시나 허리가 제대로 버티지 못해 나는 곧장 두 발을 벽면에 대고 자세를 유지한 채로 잠에게 설명했다.

"여기서 배 안쪽과 회음부 안쪽에 강력한 힘을 줘야 해. 배 안쪽에 있는 일종의 에너지 센터를 '우디야나 반다'라고 부르고, 회음부 안쪽을 '물라 반다'라고 부르는데, 이 두 가지 반다가 동시에 작동해야만 자세를 오래 유지할 수 있어."

그렇게 말하고 나는 다리를 하나씩 내려 다시 매트 위에 놓고 고개를 들어올렸다. 오랜만에 역자세를 만들었더니 머리가 핑 도는 듯 어지러워 잠시 눈을 감았다 떴다. 이내 내가 자리에서 일어나자 이번에는 잠이 매트 위에 엎드려 손과 발을 댄 채 궁둥이를 위로 들어올렸다. 나는 그녀의 손과 팔의 위치를 적절하게 교정해주고 양손으로 그녀의 골반을 살짝 잡았다.

"이제 한 다리씩 천천히 위로 올려봐."

내 말이 떨어지기가 무섭게 잠은 두 다리를 위로 번쩍 차올리며 단번에 자기 몸을 허공으로 들어올렸다.

"좋아. 그런데 이렇게 하체와 어깨의 힘으로 버티지 말고, 배꼽 안쪽과 회음부 안쪽에 힘을 써봐. 그 안에서 작동하는 힘으로 자세를 유지하는 거야."

잠의 몸은 내 예상보다 훨씬 무겁고 단단했다. 그녀는 결국 내가 말하는 반다의 힘이 아닌 어깨의 힘으로 버티다가 다리를 떨구고 내려와 앉았다.

"혼자서 좀 더 연습해봐. 그러면서 네 안의 힘을 찾는 거야. 네가 이미 쓰고 있는 그 물리적인 힘이 아니라, 네 안에 잠재된 힘을 사용해야 돼."

그새 체력이 떨어진 나는 자리에 앉아 잠이 연습하는 모습을 내내 지켜보았다. 잠은 수차례나 같은 자세를 반복해 연습하고도 지치지 않는 모양인지 손만 바닥에 댄 채 몸 전체를 들어올리고 유지하는 아도 무카 브륵샤사나까지 연이어 시도했다. 한 시간 반 동안 둘이서 그렇게 옥신각신하며 동작 연습을 하고서, 몸을 이완시켜주는 마무리 동작이나 사바사나(송장 자세) 같은 것은 해보지도 못하고 연습실에서 나왔다.

잠에게 요가를 가르치는 일은 내가 요가를 수련할 때보다 더 많은 체력이 소모됐다. 허기가 지는 건지 피곤한 건지조차 분간이 되지 않을 정도로 기진맥진해지고 말아서 우리는 다시 분장실로 가 간식을 좀 먹기로 했다. 나보다 훨씬 힘들었을 잠은 분장실에 들어서자마자 볶음국수 그릇을 손에 들고 마치 흡입하듯 빠르게 먹어댔다. 나는 그 옆에 있던 춘권을 집어 입에 넣고 오물거렸다. 차갑고 딱딱하게 굳어 있긴 했지만 여전히 고소하고 단맛이 나서 두어 개 더 집어먹고 파파야 샐러드 그릇도 끌어당겼다. 그 순간 배에서 이상한 통증이 느껴졌다. 내장기관이 뒤틀리는 듯한 통증이 매우 낮

설어 뭐라 표현해야 할지도 알 수가 없었다.

"배가 이상해."

내가 말하자 잠이 국수 그릇을 내려놓고 내 얼굴을 바라보았다.

"너, 얼굴이 완전히 사색이야."

"이게 뭐지? 뭔가 찌르는 듯한 통증인데."

"배가 아픈 거야? 화장실에 가볼래?"

내가 고개를 끄덕이자 잠은 나를 일으켜 세우고 부축을 한 채로 화장실까지 가주었다. 나는 몸을 잠에게 기댄 채 거의 이끌리듯 걸어가 화장실 변기통 위에 앉았다. 배가 마치 찢어지기라도 하는 것처럼 아파오기 시작했다. 통증이 심해서인지 소변조차 나오질 않았고 온몸과 정신이 마비되어가는 듯했다. 갑자기 헛구역질까지 올라와서 바로 자리에서 일어나 변기통 속에 얼굴을 묻고 토해보려 했지만 정작 구토도 나오질 않았다. 잠은 화장실 칸막이 문 밖에서 심상치 않은 기운을 느꼈는지 문을 두드리며 열어보라고 말했다. 나는 겨우 손을 뻗어 문을 열었고, 그대로 화장실 바닥에 쓰러져 누웠다. 잠이 이게 무슨 일이냐고 소리치며 두 팔로 나를 들어 등에 업고 분장실 밖으로 뛰어나갔다. 온몸에서 식은땀이 흘러나와 옷이 젖어들고, 몸은 빠르게 식어갔다. 괜찮아, 조금만 참아. 통증에 가려 앞이 제대로 보이질 않는 가운데 잠이 말하는 소리만 귓전에 울렸다. 잠이 너무 급하게 나아가는 바람에 복통이 더 심하게 느껴져 나는 신음에 겨운 소리를 냈다. 그러자 잠은 거의 다 왔으니 조금만 더 참으라고 말한 뒤 정문 앞에 있던 경비원을 향해 빨리 택시를 불러달라고 소리쳤다. 그러고는 나를 바닥에 내려놓고 벽에 기대어 반쯤 눕게 한 뒤 내 손을 꼭 붙들고 괜찮을 거라고 연이어 말했다.

우리 앞에 나타난 차는 택시가 아니라 흰색 밴이었다. 잠은 자기 앞에 선 밴을 멍하니 바라보았다. 아무런 생각도 나질 않는 모습이었다. 밴의 운전석에 앉은 사람이 잠에게 태국말로 거칠게 소리치자 잠은 그제야 정신이 돌아온 사람처럼 벌떡 일어나 내 몸을 일으켜 세웠다. 밴의 문이 열리자 잠은 나를 안은 채로 올라타 의자에 눕혀주었다. 문이 닫히고 차가 출발하고 나서야 나는 운전을 하는 사람이 린이라는 사실을 알 수 있었다. 린은 태국어로 무언가 말했고 잠은 넋이 나간 사람처럼 알았다는 대답을 반복했다.

정신을 차리고 눈을 뜨자 침대 옆에 앉은 잠이 나를 내려다보고 있었다. 주변을 둘러보니 병원 응급실이었고, 왼쪽 팔뚝에 링거액 주삿바늘이 꽂혀 있었다. 잠을 올려다보자 그녀는 일단 진통제와 항생제만 주사한 것 같다며 자세한 것은 좀 더 검사를 해봐야 알 수 있을 거라고 한 의사의 말을 전해 주었다. 나는 어제 저녁에 거리에서 먹은 해산물 국수의 새우가 제대로 익지 않았던 것 같다고 말했다. 아마 장염이나 식중독일 테니 너무 걱정하지 말라고도 덧붙였다. 그래도 잠은 엑스레이와 CT 촬영을 해봐야 할 거라고, 그래야 정확한 진단과 처방을 받을 수 있을 거라고 말하며 지금은 일단 쉬라고 했다.

내가 핸드폰을 찾자 잠이 가방에서 꺼내어 건네주었다. 전화기를 받아들고 몸을 일으키려는 순간 종아리 근육에서 경련이 올라왔다. 갑작스러운 통증에 놀라 종아리 안쪽을 움켜쥐자 잠이 무슨 일이냐고 물었다. 격한 통증 때문에 아무 말도 못하고 있었더니 잠이 내 손을 다리에서 떼어내고 직접 주물러주기 시작했다. 그러다가 아예 침대 위로 올라와 나를 마주하고 앉아 자기 다리 위로 내 다리를 올린 채 마사지해 주었다. 잠의 손은 크고 단단했지만 내 근육과 관절을 어루만지는 손길은 섬세하고 유연했다. 그것은 정말로, 남자와 여자의 손길이 동시에 와 닿는 듯했다. 그런 잠의 손길에 경련을 일으키던 종아리 근육이 서서히 풀어지고 마음도 덩달아 편안해졌다.

"뭐야, 너 마사지도 배운 거야?"

내가 묻자 잠은 피식 웃으며 대답했다.

"극장에서 일하기 전에, 그러니까, 성전환 수술을 받기 전에 마사지 가게에서 일한 적이 있어."

내가 고개를 끄덕이자 잠은 그 시절의 이야기를 짧게 들려주었다."

"나는 그 일이 싫지는 않았어. 내 손길에 따라 점점 편안해지는 사람들의 모습을 바라보는 게 좋았거든. 내가 하는 일이 사람들을 도와주는 거라는 생각에 보람도 느꼈고. 다만 매일 아침 10시에 가게에 나가 밤 10시까지 일하는데도 기본급이 터무니없이 적었어. 손님이 주는 팁이 아니면 생계가 유지되기 어려울 정도였지. 그래서 어떻게든 손님을 더 많이 받기 위해 매니저의 비위를 맞추고 선물을 주기도 하면서 좋은 관계를 유지하려고 애쓰는 게 실제 마사지 일보다 더 어렵고 싫었어. 그렇게 해서 겨우 손님을 받는다 한들 대부분의 관광객은 팁 한 푼 주지 않고 그냥 가버리기 일쑤인 거야. 마사지 업체의 현실을 모르니까 그러는 것일 테고, 팁을 주는 게 규정도 아니니까 주지 않는다 해도 뭐라고 할 수는 없는데, 그럴 때마다 너무 분하고 속상한 감정을 조절하기 어려웠어. 그래도…… 그곳에서 린을 만났지."

잠시 뜸을 들이는 잠에게 그러고 보니 린은 어떻게 된 거냐고 물었다. 잠은 린이 우리를 바래다주고 응급실까지 와서 함께 있다가 무대에 서야 할 시간이 되어 조금 전에 떠났다고 대답했다. 너도 가봐야 하지 않느냐고 묻자 자기는 단역 무용수라서 무대에서 빠져도 크게 상관이 없어 이미 다 조치해 둔 상태라고 했다. 그럼 린하고는 이제 화해한 것이냐고 묻자 잠은 머뭇거리며 대답하길 주저했다.

"불편하면 대답하지 않아도 돼."

내가 말하자, 잠은 그런 게 아니라고 말했다.

"그게 아니라, 우리가 정말 싸우긴 했던 걸까 싶어서 말이야…… 참 이상했어. 그때는 우리 둘 다 수술 전이었는데도 나는 그 애가 나와 같은 사람이라는 인상을 받곤 했어. 물론 그 전에도 나와 같은 정체성을 가진 사람들을 수도 없이 봤지만 린과 같은 사람은 없었거든. 그 애는, 어쩌면 내가 어렸을 적에 잃어버린 쌍둥이 형제라도 있었던 게 아닐까 싶을 정도로 나와 닮은 것 같았어. 우리는 금세 가까워졌고, 돈을 모으기 위해 각자 살고 있던 방을 빼고 한 집에서 살기 시작하면서 뭐든지 함께했지. 같이 먹고 자고 일하며 우리에게 일어나는 모든 일들과 감정들을 이야기하고…… 그렇게 서로를 위무하고 응원하며 살았는데……."

얼마 뒤 집안에서 경제적인 지원을 받을 수 있게 된 린이 먼저 성전환 수술을 받았다. 잠은 린의 보호자를 자처하며 병원에서 내내 함께 지내고 간병을 해주었다. 그때 확실하게 약속한 것은 아니지만 잠은 자신이 수술을 받게 될 때 린이 자신을 보호하고 간병해주리라 기대했다. 그러나 수술 후 회복기를 거친 린이 곧바로 티파니 극장의 오디션에 합격해 일하기 시작하며 거처를 옮겼고, 홀로 남은 잠은 여전히 마사지 가게에서 일하며 돈을 모으느라 바로 수술을 받을 수 없는 상황이었다. 그리고 2년 뒤 잠이 겨우 자금을 마련해 수술을 받을 무렵 린은 이미 무대에 서기 시작하며 경력을 쌓아가는 중이라 잠을 외면해버리고 말았다.

"친구 사이이긴 하지만 나는 우리가 피를 나눈 가족 이상으로 진한 관계를 맺어왔다고 믿었어. 가족조차도 알아주지 않던 우리의 진짜 삶을 오직 둘이서만 공유했고, 나는 그 애가 나의 진짜 가족이 아닐까, 아니, 진짜 나 자신이 아닐까 싶을 정도로 좋았어. 나보다 더 나 같은, 진짜 내 영혼의 주인공 말이야. 오늘 린의 차를 타고 이곳까지 오고 또 이야기를 나누는 동안에는 마치 그 시절 우리의 관계로 되돌아간 것만 같았어. 오랜 시간 동안 서로를 외면하고 인사조차 나누지 않으며 지내왔는데도 그 시기의 공백이 하나도 느껴지질 않았어. 우리는 여전히 함께 있고, 서로를 바라보고 있는데……. 무엇보다도, 나는 그 애를 정말로 좋아하는데…….
아직까지도 나는 그 애와 함께 있는 순간이 마냥 좋기만 해.
내가 그 애를 미워했던 이유는 그 애가 수술 후 나를 외면했
기 때문이 아니라, 내가 좋아하는 만큼 그 애가 나를 좋아하
지 않는다는 나의 망상 때문이었어. 나는 그것을…… 이제야
알았어.”

　병원에서 집으로 돌아와 안정을 취하는 동안에는 잠도 덩
달아 출근을 하지 않았다. 나 대신 매일 밥을 사다주고 방 청
소와 빨래까지 해주는 잠에게 언제까지 그러고 있을 것이냐
고 묻자 일단 일주일만 쉬기로 했으니 걱정하지 말라는 대답
이 돌아왔다.
　“내가 요가 동영상 파일 보내줄 테니까 보면서 너 혼자라
도 연습해.”
　내가 말하자 잠은 요가로 무대를 꾸며 경연에 나가려던 계
획은 이미 접었다고 말했다. 나 때문에 그런 것이냐고 묻자
내가 아프기 전부터 솔직히 자신이 없었다고 대답했다.
　“요가는 남에게 보여주기 위해 하는 게 아니라고 네가 말
했잖아. 남과 경쟁하는 것은 더더욱 아니고.”
　잠은 자못 진지한 표정으로 나에게 말했다.

"대신 린과 함께 듀엣으로 경연을 준비할 거야. 린이 먼저 자기가 그동안 해오던 프로그램은 이제 식상하다며 새로운 무대에 도전해보고 싶다고 해서, 다음주부터 같이 연습을 시작하기로 했어."

내가 미소 짓자 잠은 손으로 내 이마와 머리카락을 쓸어내렸다. 갓난아기나 고양이를 쓰다듬는 듯한 이 부드러움은 어디에서 흘러나오는 것일까. 그녀는 나를 가만히 바라보다가 배를 타고 바다에 가자고 말했다. 바다? 내가 되묻자 잠은 고개를 끄덕이며 다시 말했다.

"친구 중에 배를 가지고 있는 애가 있어서 이미 예약도 해두었으니까 오늘 꼭 가야해."

바다라면 걸어서 갈 수 있는데 왜 배를 타느냐고 묻자 그녀는 파타야 바다 너머에 있는 섬, 꼬란에 있는 바다로 갈 것이라고 대답했다.

"파타야 바다는 물이 너무 더러워서 수영을 할 수가 없잖아. 관광객들이 많아지고 나서는 꼬란도 좀 그렇긴 한데, 그중 딱 한 군데, 싸매비치라는 곳에 가면 물이 아주 신기할 정도로 맑고 따뜻해."

"하지만 수영을 하기에는 아직 몸 상태가 좋지 않은데."

"와추 테라피라고 들어봤어? 따뜻한 물속에서 몸을 이완

하고 에너지를 순환해주는 거야. 내가 리드할 수 있으니까 너는 그저 가만히 바라보면 돼, 그 순간과 너 자신을."

잠의 친구가 미리 나와준 덕분에 우리는 선착장까지 가지 않고 어선 부두에서 곧바로 그의 보트를 탈 수 있었다. 한낮의 태양을 받아 새하얗게 빛나는 수평선을 바라보며 바다를 가로질러 나아가니 먼 미지의 세계로 떠나는 듯한 설렘이 일었다. 태양은 뜨겁고 바람은 시원하니 마음의 자리도 바다만큼 넓어지는 듯했다.

30여 분 정도 보트를 타고 바다 위를 달려나가자 저 멀리 푸르른 섬이 드러나 보였다. 그림책 속에서나 본 듯한 맑은 초록빛의 나무가 우거진 동산과 같은 섬이었다. 그 섬의 해수욕장 한편에 보트가 정박했다. 잠이 먼저 가방을 메고 보트에서 내려 내 손을 잡아주었다. 잠의 손에 의지해 보트에서 내린 뒤에도 우리는 그대로 손을 잡고 걸었다. 해변에 즐비한 선베드에 자리를 잡고 앉자 잠이 가방을 열었다. 잠은 공기 주머니와 수경, 수모를 꺼내며 나에게 와추의 체험 순서와 안전사항을 설명해주기 시작했다.

"처음에는 물속으로 들어가 등을 대고 누워. 얼굴은 물 위에 떠 있을 테니 자연스럽게 숨을 쉬면 돼. 10분 정도 지나면 코마개로 코를 막고 물속에 완전히 들어갈 거야. 그리고 나서 물 위로 떠오를 때마다 입을 통해 숨을 들이쉬고 다시 물속으로 들어가. 이때는 물속에서 좀 더 강렬하게 움직일 수 있어."

내가 알겠다고 대답하자 잠은 가방에서 꺼낸 것들을 손에 들고 따라오라고 말했다. 나는 그렇게 잠을 따라 바닷물 속으로 들어갔다. 잠이 말했던 것처럼 이곳의 바닷물은 신기할 정도로 맑고 따뜻했다. 물속에서 잠은 나의 양쪽 허벅지에 공기 주머니를 각각 매달아주고 자신의 왼쪽 팔을 펼쳐 보이며 기대어 누우라고 말했다. 그 말에 따라 나는 등을 돌려 잠의 팔에 뒷목을 베고 누웠다. 그러자 내 몸이 두둥실 물 위로 떠올랐다. 그 순간 나에게 가장 먼저 다가온 것은 '소리'였다. 물의 소리……. 그것은 어떠한 언어로도 표현할 수 없는 자연의 소리였다. 물은 그저 흐르는 액체인 줄만 알았는데, 이토록이나 아름다운 음악 소리를 가지고 있다는 게 놀랍기 그지없었다.

잠은 물속에서 뒷걸음질치며 내 몸이 계속 떠오르도록 이끌었다. 내 몸의 어느 한 부분에도 힘이 실려 있지 않았다. 잠의 몸에 의지한 채 흘러가고 있는 내가 마치 해조류가 된 것만 같았다. 나는 물결에 따라 자연스럽게 움직여나갔다. 두 눈을 모두 감고 있는데도 불구하고 물 바깥의 태양이 빛나고 구름이 흘러가고 있는 모습이 보였다. 물이 보이고, 소리가 보이고, 호흡이 보였다. 숨을…… 쉬고 있는 나는…… 자연이구나. 자연과 나는 분리되어 있는 개별의 존재가 아니라 하나로 연결되어 흐르고 있구나. 모든 것이 나에게로 흘러들고, 나로부터 흘러가고 있구나. 물속의 소리가, 내 안의 소리가, 빛 속의 내가 그것을 가르쳐주고 있었다.

잠은 내 몸을 따뜻하게 감싸주고 받아주었다. 그의 몸에 기대어 있는 나는 아주 소중한 존재. 나를 이토록 따뜻하게 안아주는 존재는 과연 무엇일까. 오래전 어머니의 뱃속에서도 나를 소중하게 감싸주는 존재를 느낀 적이 있었다. 나는 흐르고 또 흘렀다. 물과 함께, 소리와 함께, 공기와 함께, 바람과 함께 흘러갔다. 얼마나 시간이 지났을까. 불현듯 내 몸이 기우뚱하더니 두 다리가 땅에 닿고 나는 똑바로 서게 되었다.

"오픈 유어 아이즈."

잠의 음성에 따라 두 눈을 떴다. 그러자 그녀가 내 손에 잠수용 코마개를 쥐여주었다. 내가 그것을 코에 끼우자 그녀는 양팔을 나란히 펼쳐 보이고 나에게 그 위로 누우라고 말했다. 그 말에 따라 몸을 기대어 눕자 곧바로 귓속을 파고드는 물의 소리, 그리고 좀 더 격렬하게 요동하는 내 몸의 움직임이 느껴졌다. 내 몸은 이리로 갔다 저리로 갔다 하며 빠르게 움직였다. 내 힘으로 움직이는 것이 아니라 물결에 따라 저절로 움직이는 것이었다. 조금 전까지 어머니의 뱃속처럼 평화롭고 따뜻한 곳에 존재하고 있었다면, 지금은 걸음마를 떼고 나와 격렬하게 달려가고 있는 듯했다. 나를 둘러싼 물은 곧 불이 되었다. 불처럼 타오르는 삶 속에 내 존재를 내어주고 있었다. 나는 달려나갔다. 달리고 또 달리며 내 삶의 불길을 쏟아냈다. 물속에 불이 있고 불 속에 물이 있었다. 그리고 나는 그 모든 것들과 함께 분명히 존재하고 있었다.

얼마나 그렇게 내달렸을까. 움직임이 잠잠해졌다. 나는 어느새 잠의 품속에 고스란히 안겨 있었다. 잠? 잠이 누구지? 지금 나를 끌어안고 있는 것은 오로지 존재뿐이었다. 아주 오래전, 태초부터 나를 품고 있던 그는 여성도 남성도 아닌 존재. 그가 나의 오른쪽 귀를 자신의 왼쪽 가슴에 갖다 댔다. 쿵, 쿵, 쿵 움직이는 심장 소리. 우리는 태초부터 존재하고 사랑하고 있었다. 나는 그 존재를 끌어안았고, 그는 나를 보듬어 안았다. 우리는 오래, 아주 오래 그곳에서 흐르고 있었다.

슬픔에 사로잡힌 아르주나는

활과 화살을 떨구며 전차 위에 털썩 주저앉았습니다.

—《바가바드 기타》, 1장 47절 중에서

《바가바드 기타》는 '거룩한 분의 노래'라는 뜻으로 전사 아르주나를 향한 크리슈나의 고언이 담겨 있는 책이다. 아르주나는 몰락한 판두 왕국의 다섯 왕자 가운데 셋째였고, 왕권을 되찾기 위한 전쟁을 앞두고 있었다. 한데 그가 싸워야 할 대상은 다름 아닌 가까운 친구와 친척들이었다. 아르주나는 이 전쟁이 얼마나 참담할 것인지 상상하며 번민했고, 격전의 날 아침 비슈누의 화신이자 전차몰이꾼으로 등장하는

크리슈나에게 고뇌에 찬 질문을 던졌다. "크리슈나여! 도대체 삶이 무엇이기에 이런 전쟁까지 치러야 합니까?"

사랑하는 것들에 환멸이 날 때가 있다. 내가 원해서 시작한 일이긴 하나 나 또한 소설을 쓰지 못하고 주저앉은 적이 있었다. 오로지 홀로 감당해야만 하는 외롭고 힘겨운 싸움으로부터 그만 벗어나고 싶었으나, 그 뒤에는 무엇을 하며 어떻게 살아야 할지 알 수 없었다. 나는 풀리지 않는 질문을 어깨에 멘 채 전장에서 도망친 아르주나처럼 인도를 향해 떠났다.

인도에서는 정말이지 요가만 하면서 지냈다. 매일 새벽 4시에 일어나 요가 샬라에 가서 수련하고, 맑은 음식을 찾아 먹고, 요가 하는 친구들과 요가에 대한 이야기만 나눴다. 그리고 해 질 무렵이면 스리 라마크리슈나 아쉬람에 가서 차가운 돌바닥 위에 그저 앉아 있었다. 라마승이 찬팅을 외우면 무슨 뜻인지도 모르고 그것을 따라 외웠다. 라마크리슈나와 비베카난다와 홀리 마더의 사진을 바라보며 기도를 드리기도 했다. 그럴 때면 내 안에 있던 모든 것들이 쏟아져나오는 듯했다. 찬팅과 함께 소리가 쏟아져나오고, 기도와 함께 울음이 쏟아져나오는 순간. 그동안 보이지 않던 '나'가 보이고, 그것을 바라보는 '나'가 보이고, 그 순간에 존재하는 '나'가 오롯이 드러나 보였다.

깨달은 사람은

행위 가운데서 행위하지 않음을 보고

행위하지 않음 가운데서 행위를 본다.

─《바가바드 기타》, 4장 18절 중에서


'나'는 무엇을 하고 있는가? '나'는 무엇을 하고 싶은가?
'나'는 무엇을 해야 하는가? 나는 카르마에 대한 근원적인 질
문들과 매순간 마주해 있었다. 그리고 나의 숙소였던 자그
마한 옥탑방으로 돌아가 다시 소설을 쓰기 시작했다. 요가를
하지 않았더라면, 소설을 계속 쓸 수 있었을까? 가끔 의문이
든다.

# 요가고양이

박생강

박생강

2005년 장편소설 《수상한 식모들》로 문학동네소설상을 수상하며 등단했다. 2017년 〈우리 사우나는 JTBC 안 봐요〉로 세계문학상 우수상을 수상했다. 장편소설 《에어비앤비의 청소부》, 짧은 소설집 《치킨으로 귀신 잡는 법》등을 출간했다. 대중문화칼럼니스트로도 활동한다.

12월의 겨울밤 류는 고양이 울음을 듣지 못했다. '불금'의 이태원이었지만 취객들의 고성은 물론 포차에서 종종 흘러나오던 90년대 탑골가요도 들리지 않았다. 매운 북풍 소리만 곡소리처럼 류의 귀를 때렸다. 12월 초 이태원 홀덤펍에서 코로나 확진자가 다수 나오면서 이태원의 연말은 유령도시처럼 변해버렸다.

　류는 계단 세 개를 단숨에 내려가 패딩 옷소매 안쪽에서 겨우 손가락만 움직여 현관 잠금장치 비밀번호를 입력했다. 문이 열리자마자 따스한 온기가 훅 느껴졌다. 난방을 24시간 풀가동한 덕이었다. 이 집의 세입자는 류가 초여름에 입주하자마자 다세대 주택 외벽에 붙어 있는 보일러를 가리키며 겨울이 오면 외출이나 예약 기능으로 해놓아도 보일러가 동파되니 반드시 계속 틀어놔야 한다고 신신당부했다.

류는 슬리퍼를 신고 에폭시 처리를 한 콘크리트 바닥으로 올라갔다. 반지하방의 실내는 커플전용 프라이빗 카페처럼 꾸며졌다. 다만 류는 6개월이나 지내다 보니 그저 푹신한 장판이 그리울 따름이었다. 아무리 온기가 전해진다 해도 콘크리트 거실 바닥은 정이 가지 않았다. 원래는 바닥에 카펫이 깔려 있었지만, 세입자가 둘둘 말아 가져가버렸다.

류는 시세보다 저렴한 월세로 이 방을 단기임대했다. 이 집의 진짜 세입자는 사실 오십대 초반의 에어비앤비 호스트였다. 그는 코로나 시대에 손해를 보니 월세라도 줄여보자는 셈으로 초여름에 류에게 단기임대로 이 방을 넘겼다. 일단 다음해 봄까지.

"류 군, 이렇게 저렴한 가격에 이 집에 들어올 수 있는 게 대단한 거네. 코로나만 아니었으면 이만한 가격에 이태원에 월세를 구할 수 있겠나?"

류의 대학시절 강사이자 현직 소설가가 바로 그 집의 호스트였다.

오십대 중반 소설가 박생간의 제자들은 대부분 작가가 되는 대신 어디선가 계약직 일을 하고 있었다. 하지만 같은 계약직이라도 뮤지컬 배우로는 류가 유일했다. 류는 주연급 배우는 아니었지만 꾸준히 작품에 출연했다. 안타깝게도 코로나19 때문에 춤과 노래와 이야기가 있는 무대는 상당수 사라졌고, 그는 거리로 내몰렸다. 결국 근육 부상 재활치료 차원으로 다녔던 요가학원에서 요가 강사 자격증을 따기로 결정했다. 다행히 여름부터 뮤지컬 관련 작은 아르바이트 자리가 생겨서 학원비와 월세를 내는 데는 무리가 없었다.

류는 작은 와인테이블에 패딩을 벗어두고 잠시 호흡을 가다듬었다. 본격적으로 요가를 배우면서 그는 호흡의 중요성을 체험했다. 그는 눈을 감고 복식호흡으로 숨을 들이마셨다. 류는 그 숨의 기운이 몸 곳곳을 흐르고, 몸의 감각을 일깨우는 순간을 느끼고자 했다.

호흡과 몸을 향한 집중이 하나로 스며들 때, 류는 종종 평온해졌다. 하지만 그날따라 집중은 쉽지 않았다. 자꾸만 현관 밖에서 들려오는 북풍의 곡소리가 류의 귀에 거슬렸기 때문이었다.

"아호오, 아호오."

찬바람이 울고 있었다. 아니, 자세히 들어보니 바람의 울음이 아닌 진짜 울음이었다.

결국 류는 현관문을 빼꼼 열어보았다. 그저 바람소리가 전부여서 류가 현관문을 다시 닫으려 할 때 갑자기 바람이 획 뛰어들어왔다.

"네가 울었구나. 쾌걸 조로."

류의 발 옆에 검정 망토를 두르고 검정 복면을 쓴 것 같은 작은 덩치의 얼룩고양이가 앉아 있었다. 얼룩고양이는 앞발과 뒷발, 목덜미, 입 주위만 우윳빛이었다.

이태원 퀴논길을 다니면서 류는 많은 길고양이들을 보았다. 그중에는 이놈과 비슷한 흰색 검정 얼룩고양이도 몇 마리 있었다. 하지만 아무리 봐도 녀석은 털이 깔끔하니 길고양이 같지 않았다. 심지어 류의 슬리퍼 신은 발에 슬그머니 몸을 치대기도 했다. 사람 손을 탄 고양이가 틀림없었다.

'어떡하나? 지금 주인이 찾고 있을지도 모르는데.'

류는 한밤중에 이 낯선 고양이를 안고 이태원 퀴논길을 돌아다닐 엄두가 나지 않았다. 그렇다고 녀석을 안에 들이고 싶지도 않았다. 누군가 그의 영역에 들어오는 것 자체가 피곤하고 불안한 나날이었다. 그것이 한겨울 한 마리의 고양이라 할지라도.

"조로, 주인이 밖에서 널 찾고 있을 거야."

류는 슬리퍼 신은 발로 슬그머니 고양이를 떠밀었다.

현관문이 닫히자 다시 '아호오, 아호오' 곡소리가 들려왔다. 그는 고양이에 대한 새로운 사실을 깨달았다. 추운 밤 고양이는 '야옹' 울지 않고 곡소리를 내며 운다. 그리고 그 소리를 들으며 명상을 하긴 쉽지 않았다. 류는 미닫이문을 닫고 침실로 들어가 바닥에 요가매트를 깔았다. 하지만 호흡을 가다듬고 누웠다가 다시 일어나 패딩을 걸치고 현관 밖으로 나갔다.

현관 앞에도 세 개의 계단 위에도 얼룩고양이는 없었다.

'주인이 찾아와서 데려갔나?'

바람소리가 서릿발 송곳니로 그의 귓바퀴를 깨물었다.

류는 패딩 지퍼를 목까지 올리고서 밖으로 나가 큰 골목까지 둘러보았다. 어둠 속 퀴논길에서 길고양이들의 울음이 들려왔다. 울음 속에 '아호오' 곡소리가 섞여 있었지만, 어디쯤에서 들리는지 감이 잡히지 않았다. 결국 류가 허탕을 치고 집으로 돌아왔을 때 얼룩고양이가 현관 앞에 앉아 있었다. 류를 올려다본 채. 마치 그가 이곳으로 돌아올 것을 이미 알고 있었다는 듯.


다시 들어온 고양이는 현관에 발을 딛자마자 와인테이블로 올라갔다.

'와, 순간이동이나 다름없는 솜씨군.'

류는 감탄했다.

보잘것없는 작은 와인테이블과 고양이는 잘 어울렸다.

와인테이블은 팔각형의 상부를 받치는 기둥이 하단부에서 네 개의 다리로 뻗어나간 형태였다. 네 개의 다리 끝에 사자발 모양의 가죽이 덧신처럼 씌워져 있었다. 사자발 가죽은 어찌 보면 특이하고 또 어찌 보면 우스꽝스러웠다. 물론 스승의 생각과 달리 류의 취향에는 '우스꽝'에 가까웠다.

소설가 박생간은 이 와인테이블을 이태원 앤틱거리 축제 기간에 저렴한 가격에 잽싸게 샀다고 털어놓았다. 물론 류는 그 가격이 그리 합당하지 않다고 생각했다. 뭔가 동묘시장에서 살 수 있을 것도 같은데,라는 말을 하려다 입을 다물기까지 했다. 하지만 한 가지는 인정할 만했다.

지금 류의 눈앞에서 앞발을 뻗고 엉덩이를 들어 기지개를 켜는 얼룩고양이와 이 우스꽝스러운 와인테이블은 잘 어울렸다. 더구나 고양이의 기지개가 요가 자세와 닮아 류는 피식 웃음이 나왔다.

고양이는 어느새 몸을 엿가락처럼 길게 늘였다. 류는 웅크렸을 때 검은 식빵 한 덩이 같던 고양이의 몸뚱이가 그리 변하는 게 신기했다.

사실 이태원에는 수많은 길고양이들이 상가와 오래된 주

택 사이의 담벼락과 지붕을 타고 돌아다녔다. 하지만 류는 자세히 고양이를 관찰한 적은 없었다. 대신 지난 몇 달 동안 이태원 퀴논길 상인들의 얼굴에서 고양이를 찾으려고 노력했다. 그것이 그의 새로운 부업이기도 했다. 〈퀴논길길길고양이〉는 뮤지컬 〈캣츠〉를 레퍼런스 삼아 그 무대를 이태원 퀴논길로 옮겨놓은 창작뮤지컬이었다. 뮤지컬의 연출자는 문예창작학과 출신 뮤지컬 배우인 그를 작가로 기용했다. 직함은 거창하지만 연출 선생님의 시종이나 다름없는 일이었다. 연출이 화수분처럼 아이디어를 쏟아내면 류가 그것을 구체적으로 써내려가야 했다.

〈퀴논길길길고양이〉 연출의 아이디어 중 하나가 이태원 퀴논길의 상인들을 고양이로 만들어보라는 것이었다. 그래서 이곳으로 이사 온 후 류는 매일같이 퀴논길을 돌아다니며 몇몇 단골집도 뚫어놓았다. 그중에서 고양이로 만들면 재밌을 법한 상인들의 얼굴을 마음속에 각인시켰다. 결정은 코 옆에 고양이수염을 붙였을 때 잘 어울리느냐 그렇지 않느냐로 판가름했다. 그런 과정을 통해 챔프커피의 스냅백 쓴 사장님이 통통한 노란 줄무늬 고양이로, 본투헤어의 부리부리하고 날카로운 눈빛의 사장님이 눈 큰 삼색고양이로 탄생했다.

'어쩌면 인간의 내면에 고양이 한 마리가 숨어 있는 건 아

닐까?'

가끔 류는 그런 생각을 했다.

정작 퀴논길을 떠도는 수많은 길고양이를 주의 깊게 관찰한 적은 없었으면서도.

"야옹, 야옹."

류가 장난스럽게 소리를 내며 두 팔을 짐승의 앞발처럼 테이블에 올려놓았다.

얼룩고양이가 몸을 뒤집었다. 새카만 등과 달리 배는 온통 우윳빛의 털이었다.

류는 털이 부드럽게 일어서는 모양이 꼭 식빵의 결 같다고 생각했다. 류는 한 번도 고양이를 쓰다듬은 적이 없었다. 하지만 정신을 차려보니 어느새 손을 뻗어 그 따스한 배를 쓰다듬고 있었다. 고양이 역시 기분이 좋은지 얌전히 누워 있었다. 류는 엄지와 검지로 고양이의 목도 어루만졌다.

"너는 카르마를 아니?"

얼룩고양이는 대답이 없었다.

"너는 전생에 인도의 유명한 요가 강사였어. 강사보다는 거의 명의에 가까웠다고나 할까? 요가와 명상으로 어떤 병이든 고칠 수 있는 요가의 신이었지. 물론 머리는 백발인데 스물인지 서른인지 마흔인지 알 수 없는 묘한 얼굴도 유명세에 한몫했지. 펀자브에서 인도 남부까지 네 소문이 나지 않은 곳이 없었어. 무굴제국의 왕과 그 공주가 소문을 듣고 너를 찾아왔는데 말이야. 공주는 고질적인 요통을 앓고 있었는데 너와 함께 요가와 명상을 하면서 통증을 잊었어. 통증이 사라진 자리에 달콤한 감정이 싹텄는데……."

콱.

갑자기 고양이가 류의 손목을 깨물었다. 류는 반사적으로 손목을 빼내고서 고양이를 밀쳐냈다.

고양이가 깊게 깨문 것은 아니어서 피는 나지 않았다. 하지만 류가 당황하는 바람에 손목을 급히 빼내면서 이빨에 긁힌 자국이 간격을 두고 두 줄로 길게 남았다.

얼룩고양이는 재빠르게 바닥에 안착했다. 동시에 류는 붉게 부은 손목에서 아득한 통증을 느꼈다.

"이런 독고양이!"


다음날 아침 류는 구운 식빵을 씹을 때도 양치질을 할 때도 후회했다. 굳이 고양이를 쫓아낼 필요는 없었는데.

'다시 곡소리가 들렸다면 문을 열어줬을 거야.'

희한하게도 문 밖으로 쫓겨난 고양이는 울지 않았다.

그날 오후 류는 근처에 사는 소설가 박생간을 만났다. 박생간이 작업실로 이용하는 낡은 양옥집에는 마당이 있었다. 두 사람은 마당의 야외 테이블에 앉아 대화를 나누었다.

"요즘도 고양이를 찾고 있나?"

물론 박생간이 말하는 고양이는 어젯밤의 조로가 아니었다. 퀴논길의 상인들이었다.

"연출쌤이 더 많은 〈퀴논길길길고양이〉 샘플을 원해서요."

"그래서 말인데…… 퀴논길의 사계절부동산 마마상 사장님과 국숫집 포하우스 사장님이 자매 사이라는 거 알고 있나?"

박생간은 대단한 정보라도 알려주는 듯 나직하게 말했다.

"뭐, 그 두 분을 모델로 한 자매 고양이 마마와 미미가 제가 제일 먼저 만든 고양이였죠."

류는 두 사람 모두 90년대 중반부터 이태원에서 옷 장사를 한 잔뼈 굵은 상인이라는 말은 하지 않았다.

자매의 과거 이력을 토대로 뮤지컬 〈퀴논길길길고양이〉에는 그 두 자매 고양이가 헌옷수거함에서 빼내온 옷가지 위에서 뛰어노는 장면이 만들어졌다. 수많은 옷더미는 무대에서 색색의 파도처럼 일렁였고, 뒤이어 수많은 퀴논길길길고양이들이 나타나 그 위에서 노래하고 춤출 계획이었다. 그게 류가 만든 이 뮤지컬의 첫 장면이었다.

류의 아이디어로 만든 장면이었고 연출자도 흡족해했다. 다만 그 때문에 연출자는 류에게 더 많은 인간 고양이 샘플을 원했다.

"터키 고양이는 어떤가?"

"그건 이미 트로이 케밥 사장님 두 분하고 친해져서…….. 거구의 터키 고양이와 자그마한 아제르바이잔 고양이 샘플을 만들어놨죠."

"아, 그 케밥집 사장이 둘이었어?"

"하, 에어비앤비도 오래하셨으면서 모르셨군요."

박생간은 잠시 헛기침을 했다.

"그런데 자네 손톱이 많이 자랐군."

류는 옛 스승의 말을 듣고 손가락을 오므려 손톱을 살폈다. 그동안 신경을 쓰지 않아 정말 손톱이 꽤 길었다. 특히 새끼손톱은 뾰족하고 가느다랗게 자라서 더 독특했다.

"그 새끼손톱, 손가락만 집어넣어도 코피가 나겠군."

"뭐, 이것저것 하느라고 깎을 시간이 없었어요."

"손목도 이상한데?"

아, 손목.

손목이라면 류도 계속 신경이 쓰였다.

피가 나지는 않았다. 하지만 하룻밤이 지나도 부기가 가라앉지 않았다. 오히려 열감은 더 심해졌다. 몇십 분 간격으로 기분 나쁘게 슬쩍 치미는 통증 역시 불쾌하기 짝이 없었다.

"실은 어제 제가 고양이한테 물렸습니다."

"고양이가 할퀸 게 아니라 물었다고? 꼭 할퀸 자국 같은데."

"물렸습니다."

"고양이를 기르는 줄은 몰랐는데……. 대단한 열정이군."

어젯밤 만난 얼룩고양이에 대해 말하려다 류는 잠시 '어?' 하고 말을 끊었다.

자기도 모르게 그는 손가락으로 이층 발코니를 가리켰다. 이층 외부 발코니의 난간을 따라 얼룩고양이가 질주했다. 그러더니 재빠르게 1층 담벼락으로 뛰어내려 사라졌다.

"저놈인가?"

'아호오' 울지는 않았다. 하지만 꼬리와 엉덩이가 시커멓고 뒷다리만 우윳빛이었다.

"저 녀석은 2층에서 기르는 고양이지. 네 마리를 기르는데 그중 한 마리야. 제일 날쌘 놈이지. 그런데 겁도 제일 많아. 서열 싸움에서 밀려난 찐따가 아닐까 싶네."

"이름이 혹시 조로인가요?"

"뽀뽀라네."

두 사람은 얼룩고양이가 사라진 쪽을 잠시 바라보았다.

"이태원 길고양이를 조심하게. 물리면 큰일 난다는 말이 있어. 지난달인가? 혼자 살던 노인이 돌봐주던 길고양이에게 물려 호흡곤란으로 119에 실려갔지. 뭔가 이상한 질병의 기운이 이태원 길고양이들 사이에 돌고 있는지도 몰라."

"파상풍 주사라도 맞아야 하나……."

류는 흘리듯이 혼잣말로 말했다.

"길고양이에게 톡소플라스마 기생충이 옮으면 조현병에 걸릴 수도 있다네. 하지만, 이건 할퀸 자국인 것 같은데……."

오십대 중반의 소설가가 미심쩍은 얼굴로 류의 손목을 바라보았다.

"물렸습니다. 선생님은 고양이한테 물려본 적이 없나보네요. 크악, 하고 세게 깨물기도 하지만 콱, 하고 약하게 깨물기도 한다고요. 세게 깨물면 상처가 깊게 패여 피가 철철 나지만, 저처럼 살짝 깨물리면 이렇게 부기만 남는다고요."

류는 뭔가 그 말을 하고 속이 시원하다고 생각했다. 지금껏 겨울 가스비가 상당하다는 불평도 하지 못했으니까.

"그래? 자네, 고양이에 대해 잘 아는군."

"일단 물렸으니까요."

류는 아침에만 여러 차례 스마트폰으로 고양이에 물린 자국, 고양이가 물었을 때 등을 검색했다. 어젯밤의 얼룩고양이는 장난치듯 살짝 따끔할 정도로 깨문 것이 틀림없었다. 별일 아니었다. 흉터가 유난히 길어진 것은 그가 겁을 먹고 팔을 움직이는 바람에 이빨에 긁힌 것이었다. 하지만 그렇다고 해도 기분 나쁜 열감과 동통까지 가신 것은 아니었다. 그것이 은근히 류를 불안하게 했다.

그날 밤 매운 북풍은 불지 않았지만 이불 속의 류는 추위에 벌벌 떨었다. 꿈속에서 류는 한밤중에 '아호오' 곡소리가 들리는 퀴논길을 걷고 있었다.

퀴논길은 카페와 레스토랑, 술집 간판의 불이 꺼지고 오가는 사람 하나 없이 적막했다. 베트남쌀국수 전문점 포하우스 부근에 걸려 있는 베트남식 연등 불빛만 흐릿하게 빛났다. 류는 연등 방향으로 걷다가 '아호오' 소리에 걸음을 멈추었다. 퀴논길 좌측의 샛길에서 어둠이 성큼 그에게 다가왔다. 아호오, 두 개의 눈동자가 번뜩였다. 암흑의 안개가 거대한 고양잇과 육식동물로 변하는 순간이었다.

잠에서 깨어나자마자 류는 신음을 내뱉었다. 통증이 깊어진 만큼 손목에 있는 두 줄의 흉터가 더욱 도드라져 보였다.

'아, 내일은 병원에 꼭 가야겠다.'

그때 류는 침실 미닫이문에 무언가 툭툭 부딪치는 소리를 들었다. 그 소리는 점점 더 커졌다. 문득 꿈에서 본 시커먼 어둠을 닮은 거대한 고양잇과 동물이 떠올랐다.

그 순간 두 줄의 흉터 사이에서 갑자기 환한 빛이 터져나왔다. 동시에 미닫이문이 열리면서 해일 같은 파도가 밀려들었다. 단숨에 물에 잠긴 그는 버둥거리다가 떠내려온 나무토막을 붙잡고 고개를 내밀었다. 와인테이블 위에 어젯밤의 얼룩고양이가 앞발을 오므린 채 웅크리고 앉아서 류를 바라보았다.


고대 이집트 제국에서 고양이는 영물이었다. 이집트의 여신 바스테스가 고양이의 외형이라는 건 이미 잘 알려진 사실이다. 허나 아직까지 역사학자들은 물론 고양이에 해박한 고양이 집사들도 알지 못하는 사실이 하나 있었다.

바스테스의 후손, 고양이는 바로 최초의 요가 강사였다.

고대 이집트에서 요가는 아무나 할 수 있는 것이 아니었다. 요가와 명상을 통해서만 태양의 신에 가까워질 수 있는 하나의 기예였다. 이 동작들은 모두 요가고양이를 통해 전승되었다. 인간의 의식은 요가고양이 바스테스의 후손에 의해 고양되고 확장되어, 신에 가까운 세계를 체험할 수 있었다. 물론 그 당시 이집트 제국에 요가라는 단어가 존재했던 것은 아니었다. 당연히 신의 몸짓, 정도의 명칭으로 불렸다. 당연히 요가고양이들 또한 바스테스의 아이들, 후손들, 석류들, 숨결들 같은 이름이 붙었다.

이집트 왕조는 요가고양이의 존재를 외부로 유출시키지 않으려고 이 동물에 대한 정보를 차단했다. 요가고양이에 대한 기록을 해석할 수 없는 상형문자로 만들어 붕대 감은 미라처럼 꽁꽁 감춰버린 것이었다. 결국 이들 요가고양이들은 알렉산더 대왕이 이집트를 정복할 무렵에야 홍해를 넘어 다른 대륙으로 갈 수 있었다.

마지막 집사는 네 자매 요가고양이를 몰래 바구니에 숨겨 배를 타고 떠났다. 그녀가 긴 여행 끝에 도착한 곳은 인도의 한 도시국가였다. 하지만 그곳에서 요가고양이는 더 이상 신이 아니었다. 더구나 긴 여행 끝에 빈털터리가 된 요가고양이의 집사는 부유한 인도 요기의 집에 노예로 팔려갔다. 그때의 요가는 지금의 맨손체조나 다름없이 지극히 간단한 동작으로 이루어져 있었다. 당연히 요기들은 요가고양이의 우아한 몸동작 하나하나에 감탄했다. 집사는 이것은 행운, 이라고 생각했으나 오산이었다. 요기들은 네 자매 요가고양이들을 그냥 사하라 모래 색깔 살쾡이라 부르며 무시했다. 그 동작들을 따라하고 연구하면서도 마치 서커스단의 동물 보듯 했다. 당연히 수많은 요가의 자세가 요가고양이로부터 기원했다는 사실은 구전으로도 전해지지 않았다. 그사이 집사는 신의 영물을 지키지 못한 처참한 운명을 한탄하며 스스로 자결했다.

"그래서 나를 콱 깨물었어? 내가 인도의 요가 스승 운운해서?"

류는 두 발로 계속 자맥질을 하면서 얼룩고양이에게 물었다. 그 전에 류의 손목에서 빛이 쏟아졌고, 미닫이문이 열리자 거대한 홍수가 밀려들었으니 와인테이블 위에 올라앉은 고양이 따위가 신기할 리 없었다. 심지어 얼룩고양이가 사람의 말을 했다손 치더라도.

"안녕, 나는 바스테스의 마지막 후손 석류자매 중 한 명인 요가고양이야."

믿거나 말거나 같은 일이 딱 한 번뿐이라면 인간은 기겁하거나 기절하기 마련이었다. 하지만 믿을 수 없는 일이 순식간에 휘몰이처럼 일어난다면, 뭐 그러려니 할 수도 있는 게 인간이었다. 류는 바로 그 후자의 경험을 하고 있었다. 그래서 말하는 고양이를 보면서도 류는 어푸어푸 입에서 물을 내뱉으며 고개만 끄덕였다.

"도대체 바스테스가 뭔데?"

그러자 얼룩고양이, 아니 요가고양이는 곧바로 이집트 왕국에서의 호시절과 인도에서의 비참한 운명에 대해 길게 늘어놓았다. 그 이야기를 듣는 내내 류는 계속해서 물속에 빠지지 않으려고 버둥거렸다.

긴 이야기를 끝낸 요가고양이는 고개를 길게 빼고 류를 빤히 바라보았다.

"여긴 강물이 아니라 바다, 그것도 사해에 가까운 소금물이니 그렇게 난리를 칠 필요는 없을 듯한데."

그런가?

몸의 긴장을 풀자 어느새 류는 바다 위에 둥둥 떠 있었다. 주위를 둘러보니 그가 머물던 반지하방의 모서리 대신 짠물의 수평선이 보였다. 마음은 편해졌지만, 익사할지도 모른다는 공포는 사라지지 않았다.

류는 여전히 사자발을 하고 있는 와인테이블을 꼭 잡고서 고양이를 노려보았다. 고양이는 좀 쑥스러운지 그와 눈을 마주하는 대신 고개를 돌렸다.

"지금은 인간 수컷과 공존하는 당신. 당신도 바로 바스테스의 석류들, 요가고양이의 또 다른 생이야."

류가 만난 얼룩고양이, 아니 요가고양이는 어제 류의 농담을 다른 식으로 반박한 셈이었다.

'전생에 인간이 아니라 고양이였는데, 현생이 인간이라는 건가?'

"내가 너처럼 고양이였다는 거야?"

"고양이는 아니었지만 요가고양이가 자네를 선택했지."

인도의 도시국가에서 요가고양이는 냄새 나는 우리에 갇혀 있었다. 가시가 돋은 나무로 만든 우리여서 고양이가 빠져나가려고 할 때마다 온몸에 상처가 생겼다.

"하지만 우리는 불행에서 벗어나는 방법을 찾아냈단 말이야."

불행에서 벗어나는 방법이라……

류는 그 말에 귀가 솔깃했다.

류의 인생에 거창한 불행은 오지 않았다. 하지만 일상의 더께처럼 걸터앉은 작은 불행이 쌓이고 쌓여 숨 쉴 때마다 그를 괴롭히는 나날이 이어졌다. 누구도 알아주지 않는 불행이지만, 그의 생을 어느새 한 점 얼룩으로 만들어버리는 불행이었다.

"그게 어떤 방법인데? 나도 한번 해보고 싶다."

요가고양이는 와인테이블 위에서 맥주병처럼 몸을 굴렸다. 그러더니 웅크리고 앉아 혀로 온몸의 털을 핥기 시작했다. 인간과 요가고양이 사이에 어색한 침묵이 흘렀다. 잠시 후 요가고양이는 동공을 가늘게 만들어 류를 쳐다보았다.

"나만 보지 말고. 네 손목을 들여다봐."

"아, 손목? 그래, 이 손목도 괴상하긴 하네."

그때까지 요가고양이가 할퀸 자국 사이로 밝은 빛이 보였다. 하지만 그 빛은 뿜어져나오는 것이 아니라 붉게 일렁였다. 류는 빤히 그것을 보다 놀라고 말았다. 아주 잠깐 그 빛 사이에서 고양이의 동공 같은 것이 생기더니 다시 사라져버린 것이었다.

"이게 내가 전생의 고양이라는 증거야? 내 안에 고양이 눈이 있다니!"

"아니, 그건 디나미스 아니마라고."

류는 디나미스 아니마를 우물거려보았다.

'그게 뭔데? 왜 갑자기 이런 단어가 나오지? 이집트어로 하면 무엇? 힌두어로 하면 무엇?'

"디나미스 아니마란 명칭은 나의 네 번째 생이 붙였어. 바스테스의 석류들이 명상으로 만들어낸 자유로운 영혼을 그는 그렇게 불렀지."

하지만 류는 감탄하지 않았다. 디나미스 아니마, 그게 무엇인지 머릿속에 쏙쏙 들어오지 않았다. 그보다는 솔직히 그게 더 궁금했다.

"처음 이 영혼을 만들었을 때는 요가고양이 자매들이 무어라 불렀는데?"

그러자 요가고양이가 쑥스러운 듯 앞발로 자기 얼굴을 쓸었다.

"네 번째 생이 올 때까지 특별한 이름은 없었던 거야?"

"아호오, 아호오."

요가고양이는 작게 울었다. 하지만 류는 그것이 어제 그가 들었던 고양이의 곡소리라는 걸 알 수 있었다.

'아, 추워서 우는 것이 아니라. 그게 요가고양이의 수리수리 마수리 같은 거였군.'

류는 디나미스 아니마 대신 간결하게 아호오, 아호오를 따라해보았다.

류는 고양이들이 주인공인 뮤지컬을 위해 고양이의 동작을 따라해본 적이 있었다. 하지만 고양이의 자유로운 영혼을 부르는 울음을 따라한 건 처음이었다.

아호오, 아호오. 어느새 류의 몸이 열렸다. 단단하게 연결되어 있던 뼈마디와 근육들의 연결고리가 다르게 움직였다.

가시나무 우리에 갇힌 요가고양이 자매들은 '아호오'를 외치면서 명상으로 아홉 개의 생을 살아가는 마법을 만들어냈다. 요가고양이의 몸은 비록 가시나무 우리에 갇혔지만 영혼은 달랐다. 일찍이 이집트의 왕족들은 요가고양이를 따라하면서 정신을 고양시켜 신에게로 다가가지 않았는가.

"인간은 신을 느끼기 위해서 고양이의 명상을 배웠어. 하지만 사실 우리들은 신을 믿지 않아. 우리들이 바스테스, 바로 신의 후손들이잖아. 그저 우리는 명상으로 아홉 번의 생을 사는 자유로운 인생을 만들어냈지."

요가고양이 네 자매는 혀를 움직여 명상에 돌입했다. 아마 평범한 인간들의 눈에는 온몸을 혀로 핥아대는 단순 동작으로 보였을 것이다. 하지만 그것은 셀 수 없이 수많은 털처럼 헤아릴 수 없는 세월을 떠다닐 영혼을 고양시키는 명상법이었다. 가끔씩 나지막하게 주문처럼 '아호오'를 읊조렸지만 인간 요기들은 그게 무엇인지 알아차리지 못했다.

그렇게 바스테스의 석류들은 딱 1년의 생을 명상으로 보내며 첫 번째 삶을 끝냈다. 그들이 한날한시에 첫 생을 끝내자 인간들은 우리에서 꺼내 길바닥에 내던졌다. 곧바로 파리 떼가 달려들고 구더기가 슬고, 썩은 내를 풍기면서, 그들의 육신은 흙으로 돌아갔다. 이어 요기들은 요가고양이가 만든 수많은 동작들에 고양이의 흔적을 지우고 인간이 만든 신화를 덧씌웠다.

요가고양이 네 자매들은 흙으로 돌아갔지만, 그들의 자유로운 영혼 '아호오'는 사라지지 않았다. 아호오, 첫 번째 생이 끝났으니 요가고양이들에게는 아직까지 여덟 개의 생이 남아 있었다.

"그러니까 아호오…… 디나미스……. 아니, 다 마음에 안 드는 거 같아. 그냥 나는 이걸 다이내믹 소울이라고 부르겠어."

류는 그렇게 말했다.

류 역시 네 번째 생의 주인공처럼 새로운 이름을 붙일 자격이 있을 테니까. 하지만 그 순간 류는 귀 안쪽에 갑자기 바늘로 찌르는 것 같은 통증을 느꼈다.

"아아, 귀가 아파."

"귀가 아픈 것이 아니야. 너는 지금 인간도 고양이도 아니지만 그 중간의 여행자. 그 덕에 더 많은 소리를 들을 수 있지."

류는 머리로 깨달은 것이 아니라 몸으로 느끼기 시작했다. 인간이었을 때는 듣지 못했던 고주파가 들려왔다. 허공에서 수많은 고주파들이 연결되면서 쭉쭉 뻗어가는 파동의 길이 느껴졌다. 류는 처음으로 그의 내면에서 부르릉대는 다이내믹 소울을 느꼈다. 문득 네 발로 그 파동의 길을 따라 걸어보고 싶어졌다. 그래서 그때까지 와인테이블을 잡고 있던 손을 놓고 그 길을 따라 네 발로 걷기 시작했다.

요가고양이의 아홉 번의 생.

고양이로 태어나서 고양이로 죽는 것은 똑같았다. 하지만 그사이 요가고양이는 다이내믹 소울을 통해 긴 세월을 계속 살아갈 수 있었다. 처음과 마지막 생, 홀수의 생은 짧은 고양이의 삶이었다. 그러나 짝수의 생은 달랐다. 거대한 사자, 작은 개미, 사막의 선인장이나 히말라야의 에델바이스. 심지어 처음에는 그들을 숭상하건 무시했건 간에 상관없이 그들의 기록을 지워버린 인간들. 그 인간들에게도 스며들 수 있었다. 그리고 그 사이사이, 다이내믹 소울은 눈에 보이지 않는 공기처럼 지구의 기류를 타고 어디든 갈 수 있었다. 잠시 스며들어 쉬어갈 새로운 생명의 몸을 만날 때까지.

"물론 아홉 번의 생을 쉽게 살 수 있는 건 아니었어. 자각이란 것이 없으면 그대로 그 생에서 끝나버리니까. 잘은 모르겠지만, 나의 자매 중 몇몇은 아홉 번의 생 이전에 사라졌을지도 몰라. 아니면 모험심이나 호기심이 부족한 자매들은 아홉 번의 생 내내 아홉 마리의 고양이로만 살았는지도 모르지."

요가고양이는 와인테이블을 요트처럼 타고서 류의 곁으로

다가왔다. 그때의 류는 네 발로 바다 위를 걷고 있었다. 아니, 그때 류의 눈에 그것은 이미 출렁이는 파도가 아니라 파동으로 만들어진 또 다른 길이었다. 류는 파동의 리듬을 체험하면서 네 발로 걷고 또 걸었다.

"고양이는 고양이를 자각할 수 있어. 고양이니까."

요가고양이는 류의 옆으로 가까이 다가왔다.

"하지만 인간은 다르지. 인간만이 세계의 전부라고 믿는 고집불통이 대부분이니까."

류는 자신이 고집스러운가 생각했다. 그렇지는 않은 것 같았다. 하지만 다시 생각해보니 류는 지금 세상에서 인간이 그저 지구에 붙어 있는 똥고집 같은 존재가 아닌가 싶기도 했다.

"그래서 인간을 자각시키기 위해, 너에게 역행을 체험하게 할 거야."


그날 밤 류는 바닷물을 따라 흘러가며 요가고양이로 살아온 지난날의 생을 체험했다. 두 번째 생은 인도 정글의 고무나무였다. 고무나무가 있던 정글에는 고양잇과 육식동물이 많았는데, 의외로 고무나무는 자신의 정체성을 쉽게 이해했다. 길고 날카로운 송곳니는 없더라도 상상력이 풍부해 숲으로 불어오는 바람에 나뭇가지가 흔들릴 때마다 숨어 있는 고양이의 육체를 느꼈다. 100년 가까운 은둔생활을 끝내고 고무나무는 다시 '아호오'로 돌아갔다. 세 번째 생은 사막 모래 빛깔의 고양이에게 스며들었다. 바스테스의 석류들 시절과 똑같이 생긴 고양이었다. 부활이나 다름없는 삶이었으나, 요가고양이는 똑같은 삶의 반복이 시시하다 생각해 큰 재미를 느끼지는 못했다. 그저 평범한 들고양이처럼 살다가 전갈에게 물려 세 번째 생은 끝났다.

이후 긴 세월 공기처럼 떠돌다 네 번째 생에서 요가고양이는 믿을 수 없는 존재 인간을 선택했다.

'아호오' 상태의 요가고양이가 네 번째 생으로 선택한 인간은 아라비아의 상인이었다. 지혜에 통달하고 상술까지 능란한 최고의 두뇌를 가진 사내였다. 하지만 그는 그 지혜의 일부가 고양이에게서 왔다는 것을 믿지 못했다. 그의 앞에 나타난 요가고양이의 모습을 환영이라 부르며 쫓아내려 했다. 무엇보다 그는 자신이 '아호오'라는 짐승의 언어로 불리는 고양이의 영혼과 함께 간다는 것을 부끄러워했다. 그리하여 자신에게 디나미스 아니마,라는 거창한 호칭을 붙인 후에야 스스로를 인정했다. 그때부터 스스로 고양이가 아닌 공기처럼 자유로운 지혜를 가졌다고 뽐내기도 했다. 실제로 요가

고양이가 긴긴 세월 거치며 터득한 지혜가 아라비아 상인의 지략과 더해지면서 그에게 큰 부와 명예를 가져다주었다. 그리고 숨을 거두는 순간 이 철학자는 다시 한번 눈에 보이는 신비를 체험했다. 숨이 끊기기 전 그의 몸에서 떠나가는 고양이 형체의 공기, 디나미스 아니마를 보았던 것이다. 그는 처음으로 그의 영혼의 일부였던, 요가고양이에게 감사의 말을 할까 말까 고민하다 숨이 끊겼다. 거만한 인간은 죽어가는 순간에도 영혼의 일부가 된 고양이의 존재를 인정하길 주저했던 것이다.

이후 요가고양이는 꽤 오랜 시간 바다 위를 유영했다. 하지만 물을 싫어하는 고양이의 습성이 남아 있어 해양생물이나 어류 쪽으로는 관심을 기울이지 않았다. 그러다가 신라로 향하는 장보고의 뱃머리에 앉아 졸음에 빠져 있던 삼색고양이를 발견했다. 그때 장보고는 고양이를 쓰다듬다 흠칫 놀랐다. 고양이가 벌떡 일어나 또 다른 고양이와 싸우듯 허공에 앞발을 휘둘러대는 것이었다. 하지만 잠시 후 고양이는 다시 나른하게 기지개를 켰다. 장보고는 미처 알지 못했지만, 그때 삼색고양이는 요가고양이와 함께 살게 된 것이었다.

이후 신라의 왕실에 선물로 진상된 삼색고양이는 이집트 왕실 이후 최고의 대접을 받으며 살아갔다. 쥐고기 대신 닭

고기와 진상된 서해, 남해, 동해의 생선을 먹으며 뱃살이 두둑해졌다. 하지만 살아 있는 고양이의 생은 아무리 호의호식한다고 해도 길어봤자 10년에서 15년이 전부였다.

"나는 이제 어디로 가는 거야?"

삼색고양이를 체험한 류가 신트림을 내뱉으며 물었다.

류는 계속해서 걸었다. 삼색고양이 시절 호의호식해서 불어난 뱃가죽이 다시 납작해질 때까지 걷는 것만 같았다. 하지만 무슨 일인지 그의 옆에 있던 요가고양이는 더는 보이지 않았다. 어느새 류는 동지섣달 추운 밤에 조선의 어느 초가집 앞에 이르렀다.

호롱불 켜놓은 방 안에서 글월 읽는 소리가 들려왔다. 검은 머리를 땋은 한 여인이 홀로 사서삼경을 읽다가 내던졌다. 여인은 가난한 선비인 남편이 읽지 않은 서책을 홀로 통독했다. 하지만 글자 하나하나를 알아가는 재미는 있었으나, 그 글귀에 담긴 교훈들은 그저 굳어버린 누룽지로 느껴졌다. 게다가 오래 글을 읽다 보니 허리까지 시큰시큰했다. 그녀는 결국 초가집 밖으로 나와 잠시 밤하늘을 바라보았다. 풀피리 불며 산과 들을 뛰어다니고 밤하늘을 보며 별을 세던 어린 시절은 다시 돌아오지 않을 것만 같아 서글펐다.

"밤하늘의 별처럼 반짝이며 살 수 있는 법은 어디에도 쓰여 있지 않구나."

그녀가 한숨을 지으며 가슴을 쓸어내리는데 무슨 시원한 바람이 스며든 것 같았다. 요가고양이의 여섯 번째 생은 그렇게 시작되었다.

여인은 시큰한 허리에 손을 짚다가 한번 천천히 밤하늘을 향해 절을 해보았다. 일어나서 다리도 길게 쭉 뻗어보았다. 희한하게도 몸 마디마디가 시원해지면서 절로 웃음이 터졌다.

"머리, 어깨, 무릎, 발, 무릎, 발. 둥기둥기 어여 둥기."

그녀는 몸 하나하나의 움직임을 신경 쓰며 몸과 마음에 좋은 동작들을 만들어냈다.

남편의 바람으로 시름을 앓고 있는 수다스러운 이웃 아낙에게 가르쳐주었더니, 이내 마을에 소문이 퍼졌다. 이후 그녀는 부자건 가난하건, 양반이건 평민이건 노비이건 가리지 않고 동네 여인들에게 이 움직임을 가르쳐주었다. 남편과 시어머니는 며느리가 구미호에 홀린 게 틀림없다 하였으나, 쌀과 생선이 곳간에 쌓이는 것은 물론 시어머니의 패물까지 늘자 입을 꾹 다물었다.

"나는 뭐에 홀렸을까?"

어느 날 여인은 혼자 부엌에서 몰래 고등어를 구워 먹으며 그런 생각을 하고 있었다.

그때 가마솥 위에서 삼색의 연기 같은 것이 가늘고 길게 피어오르더니 삼색고양이의 모습을 한 요가고양이로 변하였다.

"아이구, 생선 보고 달려든 괭이귀신 썩 물러가거라."

삼색고양이는 태연하게 부뚜막 위를 걸어다니며 말했다.

"안녕, 나는 바스테스의 마지막 후손 석류자매 중 한 명인 요가고양이야."

그날 요가고양이의 여섯 번째 생이었던 그녀는 생각보다 쉽게 요가고양이의 존재를 받아들였다. 하지만 역시 요가고양이의 자유로운 영혼인 '아호오'나 디나미스 아니마라는 명칭은 그녀의 마음에 들지 않았다.

여인은 즉석에서 즐거운 피리 즉, '락필(樂觱)'이라는 이름을 일필휘지로 만들었다. 이후 그녀가 가르치던 즐거운 체조에도, 락필이라는 이름을 붙였다.

"이것은 락필이라 하며, 심신의 안정과 즐거움을 함께 주는 몸짓이지요."

하지만 락필의 즐거움은 오래가지 못했으니, 미풍양속을 어지럽히는 구미호라는 명목으로 관아에 끌려갔기 때문이었다. 실은 그 전에 관아의 이방이 은밀히 찾아와 그녀에게 원님 앞에서 알몸으로 그 '락필'이란 것을 보여줄 수 있느냐고 물었다. 그녀가 사서삼경 뜻도 제대로 모르는 원님 따위 우스우니, 주상전하가 찾아오면 또 모르겠다고, 일언지하에 거절하자 결국 관아에 끌려가 장형을 당한 것이었다. 그녀는 여우에 홀렸느냐는 추궁에 피식, 웃으면서 '괭이귀신'에 홀렸다며 야옹야옹 원님을 비웃었다.

한편 만신창이로 집에 돌아온 여인을 맞이한 남편과 시어머니는 토사구팽이 따로 없었다. 집안 망신부터 시작해서 아이도 낳지 못하는 돌밭 운운하는 것을 듣고 있다가 결국에 기가 차 몸을 추스르고 초가집을 떠났다. 락필의 여인이 이리저리 떠돌다 자리를 잡은 곳은 한양 인왕산의 깊은 골짜기였다. 그곳에서 호랑이를 만났지만 이상하게 호랑이가 무섭지 않았다. 호랑이 역시 그녀에게 코를 대며 킁킁대며 가까이 다가왔다. 호랑이가 호랑이를 알아봤다는 듯.

그 후 인왕산 골짜기에서 호랑이를 타고 다니는 삼단 같은 머리의 흑발신선이 있다는 소문이 돌았다. 신선에게 가면 '락필'이라는 체조로 고질병은 물론이요 울화병 같은 마음의 병까지 고쳐준다 했다. 흑발신선은 침이나 뜸을 뜨지 않아도 스스로 몸의 기를 조절할 수 있는 체조를 한다는 것이었다.

어느 무더운 여름날 동굴 안에서 명상에 잠겨 있던 흑발신선은 소나기를 보고 있었다. 요란하게 쏟아지는 소나기를 보다가 늘 그녀와 함께하는 요가고양이에게 속삭였다.

"괭이야, 이제 나는 네가 필요 없다. 네가 필요한 세상으로 떠나가거라."

하지만 한번 들어온 요가고양이가 제 발로 나가는 법은 없었다. 하지만 이미 '락필' 체조의 대가가 된 흑발신선은 그녀와 일심동체인 요가고양이를 다시 세상으로 내보내는 능력을 발휘했다. 흑발신선의 눈에 삼색의 연기가 고양이로 변하더니 어느새 동굴 밖으로 사라지는 것이 보였다. 그리고 소나기가 그쳤다.

자유로운 요가고양이는 이제 조선 땅을 떠나리라 생각했다. 하지만 요물로 몰려 사람들에게 우르르 쫓기는 흰색 검정 얼룩고양이 한 마리를 보고 서둘러 일곱 번째 생을 선택했다. 여섯 번의 생을 거치고 두 명의 인간과 하나가 되면서 그저 자유로운 영혼이었던 요가고양이는 어느새 인간을 닮아갔다. 거만해지고, 약삭빨라졌지만, 또 당찬 동시에 불쌍한 것들에 대한 동정심도 갖게 된 것이었다. 그렇기에 처음이었다. 락필 요가고양이가 안타까운 마음에 그렇게 쉽게 다음 생을 평범한 얼룩고양이로 결정한 것은.

락필이 들어온 얼룩고양이는 잠시 걸음을 멈추었다가 다시 재빠르게 달려가기 시작했다. 얼룩고양이가 달려가는 그 길 끝에 눈부신 빛이 있었다.

"얼룩고양이 조로, 네가 요가고양이의 일곱 번째 생이었구나."

그리고 여덟 번째 생 뮤지컬 배우 류 또한 얼룩고양이와 한 몸이 되어 다음 생을 향해 달려가고 있었다. 류는 눈이 부셔 얼굴을 찡그렸다.


류가 눈을 떴을 때, 박생간과 경찰 여럿이 그를 바라보고 있었다. 이웃집 얼룩고양이 뽀뽀도 박생간의 발 옆에서 고개를 갸웃거렸다.

"왜 다들 여기 이러고 있는 거죠?"

박생간이 황당한 표정으로 류를 바라보았다. 그는 침실 콘크리트 바닥에 그대로 쓰러져 있는 상태였다.

"사흘이나 연락이 되지 않았네. 문이 잠겨 있고. 당연히 문을 뜯고 들어올 수밖에. 그런데 이렇게 꿀잠이나 자고 있었다니."

사실 꿀잠은 아니었다. 류는 긴 여행을 끝낸 여행자처럼 온몸이 노곤했고 칼칼한 소금기가 목구멍에 들러붙은 것처럼 갈증이 났다. 하지만 그는 팔을 짚고 몸을 일으켜 침대에 기대앉다 놀라고 말았다. 손목의 부기도 통증도 말끔하게 가셔 있었다. 하지만 손목에서 이글대던 요가고양이의 자유로운 영혼 아호오, 디나미스 아니마, 락필, 다이내믹 소울의 형상은 아직까지 생생했다.

그러다 문득 류는 이곳으로 이사 오기 사흘 전, 모든 일에 지쳐 있을 때의 일도 떠올랐다. 그는 검지손톱으로 계속 손목을 그었다. 면도칼로 긋는다면 어떨까 생각을 하면서. 그때 그는 열어둔 창 밖에서 무언가 바스락대는 소리를 듣고 쓸모없는 생각을 멈추었다. 얼룩고양이 뽀뽀가 슬그머니 그에게 올라와 앉아 제 콧잔등을 문질러댔다.

경찰이 떠난 후에 소설가 박생간은 웅크리고 앉아서 콘크리트 바닥을 손바닥으로 문지르고 돌아다녔다. 아무래도 바닥에 습기가 심하게 남아 있다면서 이상하다고 했다.

"아무래도 반지하방에서 결로가 일어나는 모양이네. 곧 곰팡이가 필 것 같군. 집주인에게 당장 항의해야겠어. 수리할 생각이 없다면, 월세 조정쯤은 할 수 있겠지?"

"그거 결로 아니고, 바닷물이 빠져나가서……."

침대에 기댄 류는 뽀뽀의 등허리를 쓰다듬다가 고개를 들어 물었다.

"그런데 선생님, 고양이는 왜 딱 아홉 번의 생만 만들었을까요? 인간이라면 계속해서 영생의 생을 꿈꿨을 것 같은데."

박생간이 손바닥을 탁탁 털며 말했다.

"하, 인간이 영생을 꿈꾼다는 거 그거 헛소문이 아닐까 싶네. 그저 꿈꾸던 삶을 살 수 없어 아쉬우니까 내뱉는 푸념 같은 거 아닐까?"

박생간이 돌아가고 나서 류는 홀로 바깥에 나와 쿼논길을 산책했다.

눈에 들어오지 않던 수많은 길고양이들이 눈에 들어왔다. 하나의 길고양이처럼 느껴지던 것들이 이제는 모두 각각 다른 고양이들로 보였다. 그의 삶이 끝난 이후에, 요가고양이가 과연 아홉 번째 생으로 어떤 고양이를 택할는지 궁금해지기까지 했다. 덩치 큰 턱시도고양이 한 마리가 담벼락에 앉아 류를 힐끔 쳐다보다 그대로 사라졌다.

어떤 소설은 인연처럼 다가온다고 느낄 때가 있다. 무언가
를 쓰려고 고민했다기보다 어떤 이야기들이 똑똑, 노크하고
마음의 문을 열고 찾아오는 것이다. 나의 일상의 틈새로, 마
치 요가 동작을 통해 나의 호흡과 나의 몸에서 미처 알지 못
한 숨결과 근육을 발견하듯. 〈요가고양이〉의 탄생이 그랬다.

사실 요가 소설 앤솔러지의 청탁을 받을 때만 해도 이런
소설을 계획하고 있지는 않았다. 내 지인 중 건강상의 이유
로 요가를 배웠던 남자가 두 명이나 있었지만, 나는 딱히 요
가에 관심은 없는 편이었다. 다만 어디서 읽은 것은 있어가
지고 요가를 하면 뭔가 제3의 눈이 떠지고 세상의 현자가 되
는 이런 판타지는 좀 있었던 것 같다.

하여간에 그 겨울 나는 부산 범어사에서 〈몬스터콜렉터〉라는 괴물 관련 다큐멘터리의 출연자로 촬영을 하고 있었다. 촬영 후에는 다큐팀에게 최근 고양이들을 돌보게 됐는데요, 라고 말하면서 직접 폰으로 찍은 고양이 사진을 보여주었다. 다큐팀 작가님께서 어느덧 집사가 되셨네요,라고 말씀하셔서 그건 아닐 거라고 대답했다. 잠깐 돌봐주는 것이고 봄이 되면 고양이는 내 작업실 2층에 있는 원래 주인의 집으로 돌아갈 것이라고. 기본적으로 그 고양이가 찾아오기 전에는 고양이에게 1도 관심이 없기도 했고. 그저 한파의 밤 문 앞에서 '아호오' 울고 있는 고양이들이 불쌍해 잠시 문을 열어주었을 뿐이니까.

그때 마침 출판사에서 요가 앤솔러지 청탁이 들어왔다. 좀더 고민할 여유가 있었다면 아마 이 앤솔러지 참여를 거절했을지도 모르겠다. 아직 제3의 눈이 떠진 상태가 아니라 내가 요가에 대해 잘 모른다고 생각했기 때문에. 하지만 당시 곧바로 "여기 부산에 거인 괴물의 전설이 있습니다. 자이언트!" 이런 대사를 읊어가며 계속 촬영을 진행해야 하는 상황이었다. 이렇게 복잡한 경우에 나는 기질적으로 일단 승낙을 하고 본다.

이후 촬영을 끝내고 이태원의 작업실로 돌아와서는 이걸

어쩌나 하는 생각이 들었다. 그 순간 얼룩고양이 뽀뽀가 내 옆에서 앞다리를 쭉 뻗고 기지개를 켰다. 아마 그 순간에 이 요가고양이의 이야기가 내게 찾아오지 않았나 싶다. 이후 여러 과정을 거쳐 요가고양이의 역사를 쓴 〈요가고양이〉가 만들어졌다.

물론 고양이에 대한 상상만으로 요가 소설을 쓴 것은 아니었다. 소설을 쓰기 전에 직접 요가 강사를 초빙해 이틀 정도 배워보았다. 기본동작 코스, 그것만 하는데도 땀이 뻘뻘 흘렀다. 요가 강사님은 일단 여기서는 더 복잡한 요가 동작을 할 수 없다고 판단을 내렸다. 뭉치거나 사용하지 않은 근육들이 많으니 일단 그 근육들을 편안하게 늘려주는 스트레칭을 알려주는 선에서 끝냈다.

이후 〈요가고양이〉를 끝낸 이후에도 최소 매일 요가 기본동작 코스와 스트레칭은 반복하고 있다. 사실 그 이상은 배울 엄두가 안 나지만, 그것만으로도 생활의 많은 부분이 달라졌다. 일단 팔을 뻗어 멀리 떨어진 볼펜을 집을 때 더 이상 '아고고' 소리를 내지 않는다, 유연하게 허리를 숙이고 스윽 팔을 뻗을 수 있다.

또한 자연스레 몸과 마음에서 느끼는 감각의 영역을 확장해가는 기분이 들기도 했다. 겨우 기본동작을 배워놓고서 말이 많다고 하실 분도 있겠지만, 정말로 그런 느낌을 체험했다. 숨 쉬고, 움직이고, 몸에 집중하는 순간만으로도 새로운 세계를 잠시 엿볼 수 있는 것이다. 그러니 각자가 아는 요가 자세를 취한 채 이 소설을 읽어보는 것도 나쁘지는 않겠다. 물론 나는 아직 그렇게까지는 해보지 않았지만.

# 빌어먹을 세상의 요가

박주영

박주영

2005년 동아일보 신춘문예에 중편소설 〈시간이 나를 쓴다면〉이 당선되어 등단했다. 2006년
《백수생활백서》로 오늘의 작가상을, 2016년 《고요한 밤의 눈》으로 혼불문학상을 받았다.
소설집 《실연의 역사》, 장편소설 《냉장고에서 연애를 꺼내다》《무정부주의자들의 그림책》
《종이달》《숲의 아이들》이 있다.

그 소리가 들렸을 때 나는 요가를 하고 있었다. 그때 요가를 하지 않았다면, 아니 그 시간에 요가를 할 수 없었다면 나는 그 일에 휘말리지 않을 수 있었을까. 세상 어디에서도 일어날 수 있는 일이었고 지금도 일어나고 있지만 그 시절이 아니었다면 그 일은 다른 양상을 띠었을지 모르고, 적어도 나는 다를 수 있었을지 모른다. 이제 나에게는 그 소리가 들리지 않지만 아직 그 소리가 들리던 때를 완전히 벗어나지는 못했다.

누군가는 아직 그 소리 속에 머물고 그 소리는 때때로 마음속에 있을 것이다. 정말일까. 적어도 내가 내 마음의 소리에서 벗어나기 위해 지금도 요가를 하고 있는 것만큼은 정말이다.

10년 동안 회사를 다니고 맞이한 안식년이었다. 힘들 때마다 안식년에 무엇을 할까 상상하면서 보냈다. 쉬고 여행하고 맛있는 것을 먹고, 무엇보다 요가를 하면서 몸과 마음을 소중하게 돌보고 싶었다.

안식년을 기다리며 내가 버틸 수 있었던 건 요가 때문이었다.

일을 마치고 저녁에 요가원에 가는 것이 나의 유일한 낙이자 스트레스 해소 방법이었다. 다양한 요가 프로그램이 있었는데 나는 플로우 요가부터, 핫 요가, 플라잉 요가, 하타 요가, 서퍼 요가, 아쉬탕가 요가, 빈야사 요가까지 그때그때 하고 싶은 것들을 찾아다니며 우후죽순으로 섭렵했다.

요가를 하는 방식처럼 나는 대충대충 아주 치열하게 살았다. 요리는 거의 하지 않고 외식을 하거나 배달음식을 시켜 먹었고, 집안일은 남편과 둘이서 일주일에 한 번 몰아서 했고, 주말이나 회식이 있는 날에는 술을 마시면서도 시간 날 때마다 요가를 한다는 것이 나의 위안이자 변명인, 그런 식이었다.

언젠가는 내 삶을 정돈하고 싶었다. 안식년을 위해, 지금은 비록 어쩔 수 없지만, 안식년만 되면, 이런 마음으로 모든 것을 미루면서 살았다. 그러니까 안식년은 내 삶의 궁극적 목표를 실현하는 베타버전이었다. 건강한 요리를 해먹고 규칙적으로 잘 자고, 체계적으로 요가를 하고 싶었다. 이렇게 닥치는 대로 치열하게 말고. 질서정연하고 차분하고 평화롭게.

안식년을 상상하며 만든 수많은 선택지 가운데 제일 처음 빼든 것은 아무것도 안 하는 것이었다. 자고 싶은 만큼 자고 먹고 싶은 것을 마음대로 먹으면서 지겨울 때까지 푹 쉬며 불안과 긴장으로부터 감정을 정화시켰다. 늘 그랬듯 남편은 내 선택에 어떠한 불만도 표시하지 않았고 그즈음은 자기 일이 부쩍 바빠져 불만을 가질 만한 여유조차도 없는 상태였다.

딩크인 우리 부부는 서로의 영역을 침해하지 않는 부부 생활을 약속하면서 결혼했다. 각자가 좋아하고 잘하는 일이나 서로 다른 취미 생활 같은, 그런 완전히 다른 영역은 인정하고 존중했고, 관심사가 비슷한 영화와 책, 지지하는 정당, 환경 문제에 대한 것들은 적극적으로 함께했다. 남편은 그때그때 문제를 바로 해결하는 쪽이었고 나는 조금씩 미루다가 한꺼번에 처리하는 편이었지만, 우리는 세계관이 비슷한 사람들이라 싸울 일이 없었다.

무엇보다 둘 다 지극히 개인주의적이라는 걸 서로 잘 알고 있었다. 회사에서 유능하게 사람들을 이끄는 리더십과 유연함을 발휘하는 건 우리의 영혼을 끌어모은 일이었으므로 우리는 서로에게 가장 좋은 친구이자 조언자가 되는 걸로 나머지 불필요한 인간관계를 모두 정리하고 대신했다. 양가 부모도 이런 이기적인 자식을 둔 것을 누구보다 잘 아는 사람들이었다. 어쩌면 이리 끼리끼리 만났느냐고 칭찬인지 욕인지 모를 말을 하는 것이 다였다.

안식년의 시작을 그렇게 대책 없이 쉬다가 숨 고르기를 하고 이제 슬슬 뭔가를 해봐야지 하며 이것저것 본격적으로 알아보고 있던 때, 팬데믹이 시작되었다. 모두가 그랬겠지만 오래 가지 않을 거라고 생각했다. 조금만 있으면 나아지겠지, 그때가 되면 해야지, 하면서 시간만 갔다.

결국 나의 안식년 계획 중 가장 주요했던, 인도 여행이 무산되었다. 요가를 제대로 배우면서 동작을 하나씩 완성해나가는 성취감을 느끼면 삶이 달라질 것 같았는데, 실망감이 너무 컸다. 상황이 점점 나빠지더니 다니던 요가원도 문을 닫았고, 남편의 일이 감염을 극도로 주의해야 하고 업무가 중단되면 손해가 막심한 일이었기에 요가원이 다시 문을 연 뒤에도 혹시나 하는 마음에 갈 수가 없었다.

마음의 평화가 단숨에 무너졌고 우울해졌다. 하지만 요가는 시와 때를 가리는 것이 아니지 않나. 두 팔과 두 다리 뻗을 공간만 있으면 언제 어디서든 가능한 것이 요가 아닌가. 마음을 다잡아 이 상황을 수용하기로 했다.

나는 집에서 혼자 요가를 하기로 결정했다.

세상이 조용한 아침, 브릭샤아사나(나무 자세)에서 숨을 내쉬며 따다아사나(산 자세)로 돌아와 호흡에 맞춰 아드호 묵하스바아나아사나(견상 자세)로 들어가고 실샤아사나(머리서기 자세)를 준비할 때였다. 툭툭 신경을 거슬리는 소리가 들리더니 이내 콩콩으로 이어졌다. 요가를 하는 내내 그 소리는 참으로 규칙적이었고 점점 내 속을 긁었다.

매일 집에서 요가를 수련하는 것도 나에게는 의식이다. 그 의식의 목적은 나 자신과 타인, 인류, 지구, 나아가 우주의 평온과 보다 가까워지기 위함이다. 그러나 의식은 다른 방향을 가리키고 있었다. 화가 점점 치밀었다. 나의 평화와 자유와 행복을 방해하는 이 세상 그 모든 것에.


모처럼 여유를 갖는 주말이었다. 요가 수련 때문에 주중에는 늦잠도 음주도 하지 않는 나에게 주말은 일종의 치팅 데이이자 남편과 둘이서 시간을 보내는 날이었다. 우리는 소파에 앉아 과일 안주에 와인을 마시면서 영화를 보고 있었다. 느닷없이 인터폰이 울렸다. 아래층인 13층이었다. 남편이 인터폰을 받았다.

"아래층인데요. 좀 조용히 해주시면 좋겠어요."

"네? 무슨 소리가 들리나요?"

"쿵쿵 소리 때문에 잠을 못 자겠네요. 요 며칠 계속 그러네요."

"지금요?"

"네."

"저희는 소파에 가만히 앉아 있었는데요."

우리는 아이도 없고 집에서 요리도 잘 하지 않고 소음을 낼 일이 거의 없으며 지금 소파에 가만히 앉아 영화를 보고 있었을 뿐이라고, 억울한 남편은 그때 보고 있던 영화 제목까지 말하며 디테일을 보태고 있었다.

"신생아가 있어 잠도 잘 못 자는데 너무 힘드네요. 좀 조심해주세요."

우리의 입장을 다 듣고 13층 남자가 피곤한 목소리로 말했다. 우리가 소음을 냈으면서 아닌 척하는 거 아니냐는 의심을 거두지 않는 것이 역력했다.

그 후 우리는 영화에 집중할 수 없었다. 모처럼 둘이 갖던 여유는 산산이 부서졌다. 둘 다 오해받는 것을 견디지 못하는데다 남에게 피해를 주는 것을 싫어하고 자유와 정의에 민

감한 스타일이었다.

"우리가 무슨 소리를 냈다는 거지? 가만히 앉아서 영화만 봤는데……."

내가 말했다.

"우리 집이 아니면 어디서 소리가 난 거지? 자기 무슨 소리 들었어?"

"아니. 영화 소리를 착각한 건가."

"그 정도는 아니지 않아? 우리가 영화를 한두 번 본 것도 아니고. 저건 조용한 영화잖아. 그리고 지금 몇 시야?"

그사이 자정이 지나고 있었다.

"아래층에 누가 새로 이사 온 건가? 무슨 일이래. 그동안 한 번도 이런 적 없었잖아."

우리는 이 아파트에 6년째 살고 있었다. 한 층에 4세대가 거주하고 있는 25층 아파트에서 그동안 한 번도 층간소음으로 연락을 받은 적도, 연락을 한 적도 없었다. 적잖이 억울하고 이상한 상황이었다.

"그러고 보니 며칠 전에 위층에서 이상한 소리가 난 적이 있어."

나는 얼마 전 혼자 요가를 할 때 들렸던 콩콩 하는 소리에 대해 남편에게 이야기했다. 처음에는 그러려니 하고 요가에 집중하려 했지만 그 규칙적인 소리가 멈추지 않았다. 콩콩콩, 도대체 무슨 소리였을까.

"요즘도 절구 쓰는 사람이 있나."

"그날도 인터폰이 온 거 같기도 해. 요가 하느라 제대로 보질 못했어. 그동안 인터폰으로 누가 연락을 해온 적이 있어야 알지."

우리가 영화를 집중해서 보느라 듣지 못했을지 모르지만 일전에 내가 들었던 그 절구 소리 비슷한 콩콩 소리가 들리지 않았을까,라고 추측했다. 아무튼 우리가 내린 결론은 소음은 우리 위층에서 낸 것일 테고 이웃에 변화가 생겼다는 것이었다.

6년을 사는 동안 누군가 이사를 가고 오는 것을 지켜보았다. 이사 때문에 엘리베이터를 사용한다고 양해를 구하는 글이나 아파트 동 앞에 놓인 이삿짐 차, 그리고 인테리어 공사까지……. 그러나 특별히 이웃 누구와도 알지 못하고 살았다. 두 대의 엘리베이터를 같이 사용했지만 얼굴을 익힐 만큼 자주 마주치는 이웃은 없었다.

내가 13층 여자와 인터폰으로 연락을 한 것은 그로부터 며칠 후 오후였다.

나는 콩콩 소리에 낮잠에서 깨어났고 그 소리는 한참 계속

되었다. 나는 13층과의 오해를 풀어야겠다는 생각이 들었다. 그래서 인터폰으로 13층으로 연락을 했고 여자가 받았다.

나는 지금 나는 콩콩 소리가 13층에서도 들리느냐고 물었다. 여자는 자기도 들린다고 했다.

지금 이 소리, 우리 집에서 내는 거 아니에요. 우리 집 위층이나 그보다 더 높은 층에서 나는 소리 같아요.

그리고 나는 일주일 전쯤에도 이와 비슷한 소리를 듣지 않았느냐고 물었다. 여자는 화들짝 반가워하며 자신도 그 소리를 들었다고 했다. 나는 그 소리도 우리 집에서 낸 것이 아니라고 알렸다. 13층 여자는 오해를 풀었고 우리는 서로 이런 소리가 날 때 공유하자며 인터폰을 끊었다.

그때 그 너머로 아기 울음소리가 들렸던가.

나는 그 소식을 저녁때 퇴근한 남편에게 전했다. 그리고 그날 저녁 다시 콩콩 소리가 들렸을 때 남편은 우리 위층인 15층으로 인터폰을 했다.

"아래층인 14층입니다. 혹시 지금 콩콩 소리 나는 거 들리시나 해서요."

윗집은 자신들이 낸 소리라고 순순히 인정하며 사과했다. 남편은 며칠 전 오후에도 그 소리가 들렸다고 혹시 그 소리도 그 집에서 낸 소리냐고 물었다. 그러면서 이런 연락을 하는 건 아래층에서 우리 집에서 소리를 낸다고 항의를 해왔기 때문이라고, 사실 우리는 이렇게 연락드릴 생각까지는 없었다고 말했다. 15층은 거듭 죄송하다며 조심하겠다고 했다.

그리고 다음날 오전 13층에서 인터폰으로 연락이 왔다. 나는 아무 소리도 듣지 못했으므로 13층 여자에게 물었다.

"지금 무슨 소리가 들리나요?"

"아, 아니요."

13층 여자는 어제 혹시 소리가 또 들리지 않았느냐고 물었고 나는 어젯밤 인터폰을 통해 15층과 연락했으며 주의하겠다는 말을 들었다고 했다. 그러고는 한동안 아무 일도 없었다. 우리는 순순히 사과한 15층과 우리에 대한 오해를 풀었을 13층에 일단은 안심했고, 이 사태를 원만하게 해결한 것에 매우 만족했다.

그 후로도 아파트의 소음은 잔잔히 계속되었다. 이런 소음이 갑자기 심해진 것이 내가 집에 있어서 더 잘 느끼게 된 것인지, 혹은 내가 소음을 인식하자 소음이 더 잘 들리게 된 것인지, 팬데믹으로 집에 있는 사람들이 늘어나서 소음도 늘어난 것인지, 혹은 이 모든 요인들이 합쳐진 것인지 알 수 없었다.

'요가 치타 브리티 니로다!' 요가수트라 1권 2절의 말씀을 따라 나는 의식의 동요와 마음의 혼란을 소멸시키고 나를 진정시키며 지냈다. 심호흡을 하면서 쓸데없는 잡념과 쉴 새 없는 걱정을 없애버리고 마음을 비우려 애썼다.

그럼에도 나는 소음에 예민해지고 있었고, 그 전엔 제대로 알지 못했고 아파트의 소품처럼 여기던 이웃들을 인지하기 시작했다. 아래층에는 신생아를 둔 부부가 살고 위층에는 절구를 쓰는 요리 좋아하는 사람이 산다.

그리고 17층에 이사 올 사람이 입주 전 인테리어 공사를 시작했다.


요가는 몸을 움직이고 정신을 집중하고 호흡을 의식하며 마음을 다스려 명상하는 것, 즉 움직이는 명상이다. 동작보다 호흡, 나만의 흐름을 만들어가는 마음이 중요한 영혼의 춤이다. 수시로 변화하는 자신의 상태를 알고 현재와 하나 되는 과정을 통해 균형과 고요에 이른다.

요가의 이완 마무리 단계로 샤바아사나(송장 자세)로 누워 휴식을 취하는데 천장이 무너지는 것 같은 소리가 났다. 깊은 휴식 상태에서 고요하게 수련을 이어가야 하는데 마음에 집중할 수도, 마음을 정돈할 수도 없었다. 참으려야 참을 수가 없는 소리였지만 엘리베이터에 붙어 있던 공고를 생각하며 참았다. 17층에 새로 이사 올 사람이 일주일 넘게 인테리어 공사를 한다고, 공사 기간 중 특히 이틀은 망치 소리 등으로 아주 시끄러울 수도 있다고 했다. 그리고 현관 앞에 종량제 쓰레기봉투와 함께 공사 소음에 대해 사과하는 쪽지가 붙어 있었다.

정말 시끄러울 수 있다고 경고한 그날인 건가. 그리고 또다시 아기가 울었다. 인테리어 공사가 시작되기 전부터 나를 지속적으로 힘들게 한 소리는 아기 울음소리였다.

아기가 울었지만 참았다. 말 못하는 우는 아기를 어쩔 수 없으니 이해해야 했다. 17층의 인테리어 공사도 마찬가지였다. 며칠만 참으면 될, 어쩔 수 없는 일이었다. 그러니까 현재로선 방법이 없는 일이었다. 그런데 어떤 여자가 소리를 지르기 시작했다. 아기 울음소리와 여자의 고함소리, 아이 엄마인 건가. 이건 또 어느 집의 상황인걸까.

하필 나는 왜 올해 안식년인걸까. 회사라도 가고 싶은 심경이었다. 내가 회사에 가고 집에 없는 동안 이 아파트에서 벌어지고 있었을 일들을 생각했다. 나는 지금 이 시간 이런 세상에 있으면 안 되는 사람이었다. 이건 그 누구의 잘못도 아니다. 이 빌어먹을 세상 탓이다. 그런데 정말 누구의 잘못도 아닌 걸까.

아이는 울고 엄마는 소리 지르고, 쿵쿵거리는 망치 소리에

미칠 지경인 나날이었지만 어디로도 갈 수 없었다. 지금 이 아파트는 어쩔 수 없는 사람들로 그득했다. 아이들은 어린이집과 유치원에 가지 못했고 학생은 학교에 갈 수 없었고 어른들은 회사에 가지 못했다. 전염 속에 갇히게 되었다. 엘리베이터를 기다리다가도 다른 사람이 오면 피했다. 먼저 이용하게 양보했고, 서로서로 같은 공간에 있는 것을 피하면서, 서로의 존재를 소리로 어느 때보다 확실하게 느끼고 있었다. 아파트 관리사무소는 소음을 내지 않도록 서로 주의하고 이웃을 배려해달라는 방송을 거의 매일 하다시피 했다.

남편이 순환 재택근무를 시작했다. 남편도 아이 울음소리를 들은 모양이었다.

"이거 13층 아기가 우는 거야?"

"그 집 아기만 우는 건 아닌데, 이건 그 집 맞는 거 같아."

"저 정도면 아동학대 아니야?"

"좀 심하지?"

"아기가 밤낮으로 하루에도 몇 번씩 저렇게 악을 쓰고 울 수 있나? 소리 지르는 건 아기 엄마인 거야? 혹시 때리는 거 아냐? 13층 맞긴 맞아?"

별의별 상상을 하게 만들었다. 남편은 어느 집인지 알아야겠다며 복도로 나갔다가 들어왔다.

"13층이네. 아래에서 들려."

남편은 지켜보다가 경찰에 신고를 하겠다고 했다. 나는 이 정도가 경찰에 신고할 만한 건인가 생각하면서도 남편이 저렇게까지 말하니 정말 위험한 상황은 아닐까 하는 생각도 들었다. 혹시 이 모든 걸 이해하고자 노력하는 나의 태도가 상황을 더 나쁘게 만들고 있지는 않은가.

저녁이 되어 다시 쿵쿵 소리가 10분 이상 계속되고 아기 울음소리가 계속 들렸다. 결국 남편은 13층으로 인터폰을 했다. 13층의 남자는 다짜고짜 지금 경찰이 와 있으니 잠시 내려와줄 수 없겠느냐고 했다. 남편은 마스크를 쓰고 나갔다. 한참이 지났지만 남편이 올라올 기미가 보이지 않자 궁금증을 참을 수 없었던 나도 마스크를 쓰고 13층으로 내려갔다.

진짜 경찰이 와 있었다.

"지금 진짜 장난이 아니에요. 계속 벽을 치고, 이사 간다고 하더니 가지도 않고……."

마스크를 써서 눈밖에 보이지 않는 남자가 경찰과 남편에게 호소하고 있었다. 13층은 12층 때문에 고통받고 있다고 했다. 나는 경찰에게 주로 소음이 나는 시간대 같은 것을 설명했다. 나까지 내려가 목소리가 더해지니 경찰이 방화문을 닫았다. 12층을 자극하지 않기 위해서인 것 같았다. 경찰은

13층 남자에게 12층으로 내려가서 직접 항의하거나 해서는 안 된다고 충고했고 남편은 13층이 쓰는 고발장에 힘을 보태기로 약속했다.

집으로 돌아와 남편은 13층이 12층으로 인해 그동안 겪은 일의 사정을 설명했다. 12층이 시끄럽다고 해서 매트도 깔았고 정말 조심했지만 계속 인터폰으로 항의를 했고, 이제는 티끌만 한 움직임에도 망치로 두드리며 보복 소음을 낸다고 했다. 그러니까 17층의 인테리어 공사는 이미 끝나고도 남았는데 계속 들리는 망치 소리의 주범이 12층이었다는 것이다. 13층 남자는 아내가 매일 울고 너무 힘들어한다고 했다. 경찰을 부른 것도 처음이 아니라고 했다. 들어보니 12층이 아니라고 주장하면 경찰도 해줄 수 있는 것이 없고 그건 아파트 관리사무소도 마찬가지인 거 같았다.

그들의 싸움이 우리 집까지 영향을 미치고 있었다. 남편은 12층에 미친 사람이 살고 있고 그 사람 때문에 우리뿐 아니라 아파트 전체가 서로를 의심하고 싫어하고 분노하게 된 것 아니겠느냐고 했다.

"신생아가 뛰어다니지도 않을 테고 무슨 층간소음 때문에 12층은 그렇게 예민한 걸까?"

내가 말했다.

"내가 12층에 살짝 내려가봤는데 그 집 앞에 어린이용 분홍 자전거가 있어. 애들 있는 사람들끼리 왜 그러는 걸까. 서로 이해를 좀 하지."

"13층 여자가 12층 때문에 스트레스를 받아서 아기한테 소리를 지르는 걸까? 산후우울증 그런 거 아냐?"

"남편이 알아야 하지 않을까? 자기 부인이 저런 상태라는 걸."

우리는 아기 아빠에게 낮에 그 집에서 벌어지고 있는 상황, 아기가 자지러지게 울고 아기 엄마가 미친 사람처럼 소리를 지른다는 것을 알려야 하지 않나 고민하기 시작했다. 직접적이지 않게 공격적이지 않게 은근하게 당신이 집에 있을 때보다 없을 때 당신 가족의 상황이 더 심각하다는 걸 알려줄 수는 없을까.

그때는 몰랐다. 망치 소리를 인테리어 공사로 인한 어쩔 수 없는 것으로 이해할 수밖에 없다고 오해했듯 아기 울음소리도 아기 엄마의 소리 지름도 육아 스트레스로 그럴 수도 있는 것으로 여겼다.

나는 아파트의 전업주부들과 어울릴 일이 없는 사람이라고 생각했다. 그들을 무시하거나 한가롭다고 여긴 적도 없었고 오히려 그들이 대단한 사람들이라고 생각하는 쪽이었다.

자기를 포기하고 희생하는 사람들, 나에게 그들은 그런 사람들이었는데 그건 내가 가진 엄마의 이미지 같은 것이었다. 엄마를 존경하고 안쓰럽게 여기지만 나는 그렇게 살고 싶지 않은, 그런 쪽이었다.

나는 상냥하게 자기 사정을 설명하던 12층의 아기 엄마가 안쓰러웠고, 아이 때문에 회사를 그만둔 동료들, 경력단절로 고민하는 친구들을 생각하니 우리 집 바닥 아래에서 일어나고 있는 일이 완전히 남의 일 같지 않았다.

아침 요가를 하고 있으면 어김없이 그 소리가 들렸다. 아기가 울고 엄마가 소리를 질렀다. 쿵쿵 망치 소리가 벽을 타고 흘렀다. 발라아사나(아기 자세)로 바닥에 머리를 대고 있으면 아기 울음소리가 들려 엄마의 뱃속에 있듯 편안한 게 아니라 이 세상의 아비규환을 처음 만난 것 같은 느낌이 들었다. 나는 바닥 아래 세상이 신경 쓰여 도무지 평온해지지 않았다. 마음의 평화는커녕 그 사연에 접근하면 할수록 내 마음의 번민과 생각의 잡념은 커져만 갔다. 마음의 여유가 사라지고 지치고 짜증이 났다. 이 감정이 우울을 넘어 분노 수준으로 치닫기 전에 뭔가를 해야 했다.

내게는 시간 여유가 있었지만 마음이 조급했고, 문제를 빨리 해결하고 평화를 찾고 싶은 욕구와 어떻게든 알고 싶은 호기심이 공존했고, 이 빌어먹을 세상에서 지켜야 할 건 지키며 살고 싶었다. 그리고 무엇보다 이 빌어먹을 세상을 잠시라도 벗어나 평온할 수 있기를 바랐다. 그것이 내가 요가를 시작한 이유였고 계속하려던 이유였고 아직도 계속하고 있는 이유였다.

정신을 다른 데 팔면서 호흡에 집중할 수 없다면 요가라고 할 수 없다. 감정적으로 힘들 때 내면의 중심을 잡아야 한다. 평온을 유지하고 침착하게 행동하면 어떤 상황에서도 올바르게 대처할 수 있다. 현재 이 순간에 나로서 완전히 존재해야 한다.

나는 몸과 마음을 결합시켜 생각과 말과 행동이 서로 일치하는 평화와 사랑을 지향하는 요기였지만, 아니 요기를 지향하고 있었지만 실상 그 지향은 내가 그렇지 못한 인간이기에 가지는 방향성이었다. 도달해야 하고 도달하고 싶은 목표는 갈수록 멀어졌고 나는 갈수록 형편없어지는 느낌이었다.

옆집으로 이사 온 사람이 백일떡을 돌렸다.

"신생아는 자주 우는 게 맞나요?"

내가 물었다.

"어머, 죄송해요. 시끄럽죠."

옆집 아기 엄마가 말했다.

"아니요. 그게 아니라 그 집 아기 소리는 간간히 들리기는 하는데 잠시 울다 말더라고요."

"한다고 하는데 말을 알아먹는 것도 아니고…… 진짜 너무 죄송해요."

"아, 그렇죠. 신생아는 말을 안 하는 거죠?"

"네?"

"그 집 아기 말고 다른 집 아기 우는 소리 안 들려요? 그 집 에선……."

"아, 들리긴 하는데 저희 아기도 우니까, 아무래도……."

"떡 잘 먹을게요. 아기 건강하게 잘 자라길 바랄게요. 그리고 그 집 아기 우는 소리 안 시끄러우니까 너무 마음 졸이고 그러지 않으셔도 돼요. 저희 집은 괜찮아요."

"고맙습니다."

마음의 초점을 어디에 맞추는가에 따라 보이는 게 달라진다. 마음속에 의심이 싹트기 시작했고 확인해야 했다. 나는 그날 이후 시도 때도 없이 층간소음에 귀를 기울이는 사람이 되었다. 텔레비전을 보다가도 조짐이 보이면 볼륨을 낮추고 귀를 기울였고 아이가 울면 그 소리가 옆집인지 아랫집인지 또 다른 집인지, 얼마나 자주, 어떤 강도로 우는지, 이게 정상인지 비정상적인 가늠해보고자 애썼다.

오전에 요가 수련을 하고 있는데 또 아기가 울고 엄마가 소리쳤다. 아기가 이렇게나 숨넘어가게 계속 울어댄다는 게 이해가 되질 않았다. 나는 요가를 멈추고 문을 열고 나가 계단을 밟아 아래층으로 내려갔다. 13층 복도에서 아기 울음소리와 여자의 고함소리가 들렸다. 가만히 듣고 있자니 그 아기는 울기만 하는 것이 아니었다. 그 아기는 말을 했다. 그것도 잘. 13층에 아이가 있었던 것이다. 말을 할 줄 아는 나이의 아이가.

저녁에 남편이 돌아오자 내가 말했다.

"13층 아기가 말을 해."

"응? 처음에 연락 왔을 때 신생아라고 하지 않았나? 그새 말을 한다고……."

"뭔가 이상해."

"애가 하나가 아닌 건가? 신생아가 있다고 했지, 신생아만 있다고 한 건 아니잖아."

"몇 살인지 모르겠지만 아무튼 아이 말소리가 들렸어. 엄마는 이럴 거면 나가라고 소리 지르고, 아이는 아빠가 어쩌고 하던데……."

"그 정도면 제법 큰 아이 아니야?"

13층과 12층의 층간소음 전쟁에 대해 다시 생각해봐야 했다. 12층이 예민하게 반응해서 아내가 스트레스를 받고 있다는 13층 남자의 일방적인 주장은 이제 재고의 여지가 있었다.

때마침 12층과 13층의 전쟁이 시작되었다.

쿵쿵 하는 망치 소리가 들리자 결국 남편은 12층으로 내려갔다. 잠시 후 올라온 남편은 12층의 상황을 나에게 전했다. 12층은 그 망치 소리는 자기들이 낸 것이 맞으며 13층 때문에 1년 넘게 고통을 받았고 참다 참다 대응을 한 것인데 그 소리가 다른 층까지 들리는 줄은 몰랐다고 했다. 지금까지 다른 층에서 직접 연락을 받은 적이 없어서 12층에만 들릴 거라고 생각했다고 했다.

"그럼 13층도 층간소음을 낸다는 거잖아. 정말 도대체 어떻게 된 일인지 모르겠네."

내가 말했다.

"자기들은 이사를 갈 거라고 하네."

"그 말은 저번에 13층 남자도 했잖아. 12층이 이사 간다고 해놓고는 안 간다고."

"그런데 12층의 주장에 따르면 13층이 아이가 뛰어다니는데 말리지도 않고 엄청나게 시끄럽대. 12층에 새로 이사 올 사람은 무슨 죄래?"

"자기 13층이 쓴다는 고발장인가 뭔가에 사인해줬어?"

"아니. 바빠서 아직⋯⋯."

"그거 해주지 마. 뭔가 이상해."

층간소음도 문제였지만 우리는 아이 울음소리가 더 신경 쓰였다. 13층에는 말을 하고 걷고 심지어 뛰는 아이가 있다. 우리는 13층 남자가 신생아가 있어 잠을 못 잔다는 말에 꽂혀 그 집에 또 다른 아이가 있을 수 있음을 간과한 것이다. 12층에도 아이가 있고 13층에도 아이가 있다. 엄마와 밤낮으로 울고불고하는 아이는 13층 아이였다. 이 모든 층간소음의 최종 빌런은 13층일 확률이 아주 높아졌다.

이제 나는 요가를 하면서 고요한 희열과 평온한 활력을 느끼는 것이 아니라 이 아파트에 있는 존재들의 모든 클레샤, 번뇌를 느끼고 있었다. 고통과 분노, 혐오, 무지⋯⋯. 갈수록 13층에 대한 화가 가시지 않았다. 이 모든 사태를 일으키고도 반성하지 않고 자신의 잘못을 타인에게 뒤집어씌우려 하다니. 그리고 선의를 가진 우리를 자신들의 편으로 끌어들여 이용하려고 했다.

요가를 하는 목적은 몸과 마음의 맑음을 되찾아 진정한 자유와 평온을 느끼는 것, 마음의 불안에서 벗어나 고요하게 내면의 진실과 더 깊이 연결되는 것, 세상이 더 선명하게 보여 사람들의 말에 쉽게 흔들리지 않고 타인과 건강한 관계를 맺는 것, 내가 중요하게 여기는 것이 무엇인지 어디에 집중할 것인지 알게 되어 더 좋은 선택을 하고 더 나은 결정을 내릴 수 있게 되는 것, 자신만의 진정한 가치를 발견하고 의미와 목적이 있는 인생을 사는 것이다.

남편이 12층과 대화를 나눈 후 망치 소리가 사라졌다. 12층은 13층에 보복하기 위해 든 망치가 죄 없는 다른 집 사람들을 괴롭히고 있다는 것을 알고 자제하기 시작한 걸 보면 상식이 있는 사람들이었다. 어쩌면 진짜 이사할 집이 정해졌고 그때까지만 참기로 했던 건지도 모른다. 그래도 아주 가끔 참다못한 듯 외마디 비명소리 같은 쿵 하는 망치 소리를 내던 12층은 결국 이사를 갔다.

망치 소리가 사라지자 우리가 느끼는 층간소음은 이전보다 확실히 줄었다. 판단의 기준을 정하자 그 기준을 넘지 않는 건 생활소음일 수밖에 없었다. 벽과 바닥과 천장을 공유하고 사는 사람들의 어쩔 수 없는 숙명.

그리고 시간은 흘러 안식년이 한 달밖에 남지 않았다.

13층 아기가 또 울기 시작했다. 엄마가 고함을 쳤고 질세라 아이가 더 큰 소리로 울었고 엄마가 통곡을 했다. 안식년이 끝나기 전에 이 상황을 해결하고 싶었다. 내가 회사에 복귀한다면 엄마와 아이의 낮 상황은 전혀 모를 것이고 저녁 상황도 이런 저런 일로 귀가가 늦어질 테니 알아채기 어려울 것이다.

상황을 주시하다가 울음과 고함이 계속 되자 13층으로 인터폰을 했다. 놀랍게도 남자가 인터폰을 받았다. 아이가 저렇게 자지러지게 울고 아내가 울부짖는데 남편은 뭐 하고 있었던 걸까. 나는 남자에게 잠시 볼 수 있겠냐고 물었다.

13층과 14층 중간 층계참에서 남자를 만났다.

"아이가 너무 우는데 알고 계세요?"

나는 아주 조심스럽게 물었다.

"아기는 원래 울어요."

13층 남자는 태연하게 대답했다.

"아기 엄마 상태는요?"

"……."

"아이랑 엄마가 고함치면서 아침저녁으로 울고불고해요. 아기 엄마 상태가 걱정되어서 그래요."

"아이가 없어서 모르시나본데 원래 아이랑 엄마는 그럴 때가 있는 거예요."

"그럴 때요? 독박육아 하면서 혼자 스트레스받아 저러는 거 아닌가요?"

"아래층에서 워낙 뭐라 그러고, 위층도 요즘 좀 시끄럽고……"

"저희 집이 시끄럽다고요?"

"발소리인 거 같은데……"

"앞으로 그렇게 시끄러우시면 즉각 인터폰 하세요. 근데 저희 집엔 아무도 없을 가능성이 높아요. 저도 이제 출근하거든요."

"시끄러우니 아무튼 조심을……"

"집에 없는데 뭘 어떻게 조심하라는 거죠?"

본인이 집에 없을 때 아기랑 아내랑 아이랑 셋이서 어떻게 지내는지나 신경 쓰라고 말하고 싶은데 참았다. 이제 그가 아무것도 모른다는 생각이 들지 않았고 모른 체한다는 생각이 들었다.

"아무튼, 퇴근하시면 좀 조심을……"

"네, 당연히 서로 조심해야죠."

남자는 자기들도 조심하겠다는 말을 하지 않았다. 나는 끝내 참지 못하고 자애로운 이웃이길 포기했다.

"12층 이사 갔던데 알고 계세요? 12층이 예민하게 굴어서 아내가 힘들어서 운다면서요. 이제 울 일 없겠네요. 근데 고함칠 일은 남았나보죠. 진짜 뭐가 문제인지 앞으로 뭐가 문제가 될지 생각해보세요."

13층 남자는 끝끝내 어떤 사과의 말도 하지 않았다.


요가를 하면서 천천히 호흡하며 스스로에게 물어본다. 나를 괴롭히는 번뇌, 사건의 결과와 원인을, 그리고 그 사건 속에서 나에게 일어났던 생각과 감정을…… 무엇이 나를 지배했는지 표면 아래 심연으로 따라가면서 무언가 뚜렷하게 떠오르는 것이 있는지 바라본다.

이것이 내가 찾던 답인가.

매트 위에서 아사나만 연습하는 것은 요가 수련이 아니다. 요가의 진정한 가치는 요가를 일상생활에 적용할 때 드러난다고 한다. 일할 때, 휴식할 때, 그리고 누군가에게 가족, 친구, 연인, 동료 역할을 할 때…… 물론 이웃일 때도 그럴 것이다. 누군가를 돕는 방법을 정확히 알려면 통찰력과 분별력이 필요하다. 질문에 대한 답이 떠오르면 그 각성을 연료로 더 열정적으로 자세를 취한다.

나는 비이라바드라아사나(전사 자세)로 하체는 바닥에 단단히 뿌리내리고 상체는 하늘을 향해 힘차게 뻗어 이 세상의 양극을 연결시켜 전사의 마음가짐으로 용기를 키우며 목적에 강하게 집중한다. 어리석은 연민은 버리고 겸허하게 인정을 베풀면서도 의연하게 일정한 선을 지켜야 한다.

나는 가만히 아래층의 소리에 귀를 기울인다. 아이의 울음소리, 엄마의 고함소리, 그리고 아이가 하는 말, 엄마가 하는 말, 아빠의 방관 같은 것들, 벽을 통해 바닥을 통해 복도를 통해 들을 수 있는 것들을 모두 듣고 느낀다. 때가 되면, 아니 아주 적절한 때 경찰에 신고를 할 것이다.

어쩌면 그 이전에 내가 회사에 가듯 그 아이도 어린이집에 갈 것이고 우리뿐 아니라 다른 사람들도 그 아이를 알게될 것이다. 아이가 미친 듯이 울어대는 이유를 나보다 더 잘알 누군가도 있을 것이고, 아이 엄마가 울고불고 난리치다가어디까지 갈지를 예측하고 멈추게 할 수 있는 누군가도 있을것이고, 아이 아빠에게 해야 할 일이 많다는 것을 알려줄 수있는 누군가도 있을 것이다. 아무것에도 무심하지 않고 아무에게도 방심하지 않는 것, 그것이 다시 이 빌어먹을 세상을올바른 방향으로 움직이게 할 것이다.

세상이 멈추었을 때 나는 요가를 하고 있었다.

나무를 앞에 두고 나무 자세를 하는 것을 좋아한다.

나무를 등 뒤에 두고 나무 자세를 하는 것도 괜찮다.

내가 나무다,라고 생각하면서 명상을 하는 것도 즐겁다.


시간을 견디며 그 자리에서

묵묵히 남들이 알든 말든 꾸준히 자라고 있는 나무.


나무가 보이는 창 앞에서 이 소설을 썼고

그 나무의 이름을 몹시 알고 싶었으나

초록창도 알려주지 않았던 그 이름을

그곳을 떠날 때야 비로소 알게 되었다.

지금 이 글도 나무가 보이는 창 앞에서 쓰고 있다.
나는 몇 년 전 저 나무를 6개월 동안 바라본 적이 있다.


그때는 궁금해하지 않던 나무의 이름을
이제 와서 궁금해하는 내가 신기하다.
궁금한 것이 신기한 건지
궁금해하지 않았던 것이 신기한 건지 모르겠지만
어쨌든 사람은 가끔 변하기도 한다.


그래서 어쩌면 아주 오래전 열심히 했던 요가를
또 언젠가는 진짜 하고 싶어질지도 모른다.


아무것도 장담할 수 없는 오늘을 살면서도
여전히 변하지 않는 것들을 생각한다.
나의 고양이들의 완벽한 고양이 자세를 닮고 싶다.

# 핸즈오프

## 정지향

정지향

《초록 가죽소파 표류기》로 제3회 문학동네 대학소설상을 수상하며 등단했다. 소설집 《토요일의 특별활동》이 있다.

1

그날 이후 저는 끝없이 질문하게 되었습니다.

우리가 몸에 새겨온 아사나는 어디에서 왔을까요? 저는 오랫동안 요가가 5천 년에 이르는 유구한 전통이라는 말을 믿어왔습니다. 인더스 문명의 수도 모헨조다로에서 시작된 이야기였죠. 유적지에서 발굴된 몇 개의 문장紋章에 가부좌를 한 시바신이 새겨져 있었습니다. 아시다시피 인류는 아직 인더스의 문자를 해석하지 못했고, 시바신이 취한 특정한 자세가 신체와 정신 수련을 위한 것, 즉 '요가'라는 근거는 찾지 못했습니다. 그 외에 다른 동작이 함께 새겨져 있던 것도 아니었죠. 그럼에도 몇몇 연구자들은 기대를 품었습니다. 기대는 검증을 거치기도 전에 요가 업계로 널리 퍼져나갔고요. 우리는 이렇게 다소 얼렁뚱땅 '요가 5천 년 설'을 가지게 되었습니다.

현대 요가의 아버지 크리슈나마차리야는 기원전 2세기경 집필된 《요가 쿠룬타》라는 고서로부터 요가를 배웠다고 말했습니다. 전설에 따르면 현자 파탄잘리의 저서입니다. 그러나 사실 《요가 쿠룬타》의 원전을 본 사람은 오직 크리슈나마차리야 뿐이었습니다. 그도 그럴 것이 야자나무 잎사귀 위에 쓰인 쿠룬타는 그가 발견했을 당시 이미 많은 부분 소실되어 있었거든요. 크리슈나마차리야가 내용을 옮겨 적기 무섭게 개미가 몰려와 책을 먹어치워버렸습니다.

당신은 제 이야기에 반사적으로 인상을 찌푸렸을지도 모르겠어요. 우리는 이전에도 자주 우리의 신념을 의심받았습니다. 그럴 때 우리의 구루들은 우리가 사람들 사이의 소모적인 논쟁과 세속의 용광로인 인터넷에서 멀어져 수련에 집중하기를, '더 높고 영원한 본질'을 추구하기를 권했습니다.

저는 요가가 오랜 전통에 기반을 두고 있을 때만 의미가 있다는 이야기를 하려는 것이 아닙니다. 우리는 요가가 가진 힘을 직접 체험했고, 이젠 많은 과학자가 나서 요가가 신체와 뇌에 끼치는 긍정적 영향을 속속들이 밝혀내고 있지요. 하지만 밤새 잠들지 못하고 자료를 뒤적이는 동안 저의 궁금함은 커져만 갔습니다. 우리는 그동안 왜 질문하지 않았을까요? 이 모든 것은 어디에서 왔을까요?

## 2

K는 언제나처럼 7시가 약간 지나 나타났습니다. 그녀는 제 스튜디오와 같은 건물에 위치한 오피스텔에 삽니다. 퇴근 후 한차례 세수를 하는지 이마 선을 따라 물기를 머금은 모습입니다. 제가 알기로 그녀에게는 요가복이 많지 않습니다. 검은색 레깅스를 기본으로 계절에 맞는 티셔츠를 겹쳐 입습니다. 그럼에도 몹시 마르고 작은 체구 때문인지 차려입은 듯 맵시가 납니다.

그녀는 차분한 목소리로 인사를 건넨 뒤 좁은 스튜디오 가운데 매트를 깔았습니다. 손목에 걸고 있던 고무줄로 머리를 묶고, 전화기를 꺼 뒤집어둔 뒤에 천천히 고관절을 열어 스트레칭하기 시작했죠. 네, 그녀는 저를 긴장하게 하는 좋은 수련생입니다. K가 준비된 것을 확인하고 저는 스튜디오의 조도를 낮추었습니다.

"오른발을 왼쪽 넓적다리 위에 올리고 왼발을 반대쪽으로 얹어 가부좌를 만듭니다. 허리와 목을 길게 늘여놓고 몸을 관찰합니다. 이대로 5분간 머무릅니다."

제 목소리를 따라 K는 골반을 움직여 자세를 정렬하고 눈을 감았습니다. 깊어진 호흡에 맞춰 그녀의 마스크가 오르내렸습니다. 저는 발소리를 죽여 창가에 섰습니다. 낮은 건물로 이루어진 구도심의 스카이라인 위로 일찍이 저문 보랏빛 하늘이 내려앉았습니다. 환기를 위해 약간 열어두었던 창을 닫았습니다. 제주의 겨울바람은 이상합니다. 고층빌딩 사이를 쏘다니는 서울의 칼바람이 피부를 찢을 듯하다면 이곳의 겨울바람은 몸 깊숙한 곳을 서늘하게 합니다.

거울도, 음악도 없는 스튜디오입니다. 한 벽면을 채운 선반에 매트와 소도구, 찻잔과 다구 몇 개가 가지런히 정리되어 있을 뿐입니다. 이따금 발향이 세지 않은 인센스 스틱을 태워 편안한 냄새를 입힙니다. 천장 조명에는 한지로 만든 갓을 씌워 빛이 부드럽게 퍼지도록 했습니다. 제가 좋아했던 수련원들과 닮았지요. 다소 작기는 합니다. 네 명씩 두 줄, 그러니까 여덟이 모이면 방은 가득 찹니다. K와 단둘이 있을 때면 이 스튜디오는 이런 일대일 수련에나 어울린다는 생각이 듭니다.

네, 부끄럽지만 그날의 수련생도 K뿐이었습니다. 저는 스튜디오 운영에 곤란을 겪어왔습니다. 팬데믹 이전에도 완전히 자리를 잡았다고 말할 정도는 아니었지만, 계속해서 소문이 퍼지고 인스타그램 팔로워가 늘면서 나름대로 회원이 모이고 있었습니다. 방역 수칙에 따라 스튜디오가 문을 여닫기를 반복했던 지난 몇 달간 많은 이가 회원권 연장을 중단했습니다. 주말에는 그럭저럭 정원이 찼지만, 평일 저녁이면 K와 단둘이 수련하는 날이 잦았습니다.

제주에 내려온 뒤로 한동안은 스튜디오 없이 떠돌며 수업을 했습니다. 저녁에는 헬스클럽에서 GX를 지도하고, 아침에는 바다가 보이는 카페 정원에서 사람들을 만났죠. 운이 좋게도 아버지의 친구 내외가 운영하는 카페를 무료로 빌릴 수 있었습니다. 여행객을 대상으로 한 체험형 수업이었습니다. 에어비앤비나 트립어드바이저 같은 여행 정보 사이트를 통해 '바닷가에서의 요가와 차 한 잔으로 시작하는 아침'을 광고했지요. 열 명 정원의 프로그램이 성수기엔 곧잘 매진되곤 했습니다. 수업을 끝내고 카페 정원에 다시 테이블을 내어놓을 때면 언젠가 이렇게 바다가 보이는 곳에 스튜디오를 열리라 다짐했습니다. 제주도에 내려오면서부터 꿈꾼 일입니다. 당장은 구도심에 저렴한 스튜디오를 빌려 요가원을 내는 일에도 용기가 필요했지만요. 오픈 뒤에도 그 프로그램은 계속해서 운영했습니다. 차차 무너진 여행 산업의 여파가 제게도 미치기 전까지는 말입니다. 이제 위험을 무릅쓰고 낯선 사람들과 요가 체험을 하려는 이는 없습니다.

지난달에는 두 블록 거리의 원룸에서도 짐을 뺐습니다. 평일 내내 비어 있다시피 한 스튜디오와 원룸의 월세를 모두 내는 것이 가당찮다는 생각이 들었습니다. 무엇보다 이 시기가 금방 끝날 것 같지 않았습니다. 다행히 짐을 많이 늘리지는 않았던 터라 이사는 간단했습니다. 맨바닥에 전기장판을 깔고 전기난로 불빛에 의지해 누웠던 첫날에는 잠이 잘 오지 않았지만요.

5분이 지난 뒤 저는 싱잉볼을 가볍게 두드려 명상 상태의 K를 깨워냈습니다. 평일 저녁반 수업은 언제나 그런 식으로 시작됩니다. 종일 일을 하다 온 사람들의 묘한 흥분과 피로를 거둬낼 시간이 필요하다고 생각합니다. 저는 K의 맞은편에 앉아 천천히 동작을 이어갔습니다. 우리는 목과 이깨, 등 근육을 순서대로 풀었습니다.

K는 6개월째 수련해오고 있습니다. 이전에 요가를 해본 적이 없다고 했는데, 첫 수업이 끝날 무렵 그녀가 요가에 빠

졌다는 것을 단숨에 알 수 있었습니다. 꾸준히 수련해온 회원이 많이 찾았던 날이었기에 수리야나마스카라(태양경배 자세)를 몇 번 반복한 참이었습니다. 땀이 약간 날 정도의 속도였습니다. 회원들은 마지막으로 몸의 긴장을 완전히 풀고 시체 자세로 누워 있었습니다. 저는 눈을 감은 K의 얼굴에 편안한 미소가 한 겹 머무르는 것을 보았습니다.

처음으로 함께 밥을 먹으러 갔던 날 K는 초밥 세트를 앞에 두고 그날 일에 대해 말했습니다.

"뭔지는 모르겠는데, 제대로 찾아왔다는 느낌이 들었어요."

저는 웃었습니다. 저 역시 언젠가 해본 적 있는 말이었습니다.

"《바가바드 기타》에는 전생에 요가를 수련한 사람이 현생에서도 요가에 이끌리게 된다는 이야기가 나와요. 자신의 의지와 상관없이요."

K는 바람 빠지는 소리를 내며 살짝 웃었고 이내 손사래를 쳤습니다. 그러나 다시 고개를 들었을 때의 눈빛은 의문을 거둬낸 듯 순하고 맑았습니다.

"왠지 요가 오래하게 될 사람 같아요."

저는 그렇게 K를 한 번 더 떠보았습니다. K는 웃으며 젓가락을 들고 오물오물 초밥을 먹기 시작했습니다.

저는 정말 그녀가 전문적으로 요가를 하게 될지도 모른다고 생각했습니다. 취미로 시작한 요가를 뒤늦게 업으로 삼는 경우는 왕왕 있습니다. 한 요가원의 수강생이던 저 역시 우연한 기회에 완전히 이쪽 길로 들어섰으니까요. 지역의 부동산에서 경리를 보고 있다는 그녀는 일에 대한 만족도가 높지 않은 것 같았습니다. 서귀포에서 태어나 평생 서귀포에서만 살아왔다고 했습니다. 저는 그녀에게 요가를 통해 제가 살던 곳을 벗어난 이야기를, 또 언젠가 발리로 수련 여행을 떠났던 이야기를 들려주었습니다.

"만에 하나라도 그렇게 된다면 저는 서울에서 살아보고 싶어요. 선생님은 서울에서 여기로 오셨지만요."

K가 말했습니다. 네, 우리는 언제나 다른 곳으로 가고 싶어 하는 존재들입니다.

그녀는 아직 기초적인 아사나를 반복하고 있지만, 자세는 처음과 비견할 수 없을 정도로 좋았습니다. 완전히 집중한 그녀의 얼굴 위로 땀방울이 배어났습니다. 저는 자리에서 일어나 K의 뒤로 다가갔습니다. 그녀는 쭉 편 다리에 상체를 밀착시켜 전굴 하고 있었습니다. 약간만 더 눌러주면 아주 납작하게 배와 허벅지가 마주 붙을 것 같았습니다. 저는 K가

놀라지 않도록 천천히 팔을 뻗었습니다. 핸즈온을 할 때는 충분히 기척을 내고 부드럽게 접근해야 합니다. 저는 그녀의 척추 아래쪽에 손을 갖다 대고 지그시 눌렀습니다. 그녀가 제 손길에 따라 조금 더 몸을 길게 펴 바닥에 가까워지는 것이 느껴졌습니다.

그때 K가 조용하고 끔찍한 비명을 내지르며 다리를 들어 감싸 쥐었습니다.

3

서구에 요가가 알려지기 시작한 것은 1960년대 후반 무렵이었습니다. 전쟁과 자본으로부터 벗어나 대안적 삶을 찾던 서구인들이 인도를 오가기 시작했습니다. 젊은 히피들을 비롯해 전설적인 그룹 비틀스가 나서 길을 텄죠. 이때부터 크리슈나마차리아의 네 제자도 미국을 오가기 시작합니다. 그러나 여전히 요가는 일부 특이한 사람들이 즐기는 컬트적 문화라는 인상이 강했습니다. 인도에도 요가를 하는 사람은 많지 않았습니다. 인도인에게 요가는 자랑스러운 전통이기는 하되, 시민들의 삶 속에 스민 운동이기보다는 일부 출가 수행자의 영적 탐구 수단에 가까웠습니다. 기독교 중심의 서구 사회는 요가에 깊이 자리한 힌디즘에도 거부감을 나타냈습니다.

그럼에도 미국 땅에 뿌리를 내린 요가는 서서히 오늘날 우리가 아는 모습으로 나아가고 있었습니다. 인도에서 온 신비한 구루들은 각기 자기 이름이나 경전에서 따온 용어로 계파를 구분 지었습니다. 아쉬탕가니 하타니, 아헹가니 비크람이니 하는 것들이었죠.

끝내 1990년대 후반에서 2000년대 초반, 뉴욕을 중심으로 요가는 전성기를 맞이합니다. 이때 연극, 뮤지컬, 무용처럼 몸을 쓰는 일에 익숙한 많은 예술가가 요가계로 흡수됩니다. 그들은 뛰어난 균형감과 단단하면서도 부드러운 근육을 사용해 아름다운 시연을 보였습니다. 자연히 요가는 더욱더 무용처럼 흘러가는 플로우에, 완벽하게 균형 잡힌 아사나에 더 큰 목표를 두게 되었습니다. 많은 사람이 그들과 같이 아름다운 몸을 가질 수 있을 것이라는 기대에, 비거니즘을 비롯한 세련되고 대안적인 삶의 양식에, 또 그 모든 것 위로 한 방울 똑 떨어진 동양의 신비에 끌렸습니다. 이 시기 요가는 미국에서 가장 핫한 운동이었지요. 베벌리 힐스의 화려한 셀러브리티 무리도 요가 물결에 동참하기 시작합니다. 텔레비

전에서는 요가를 통해 삶의 기준을 새로 잡고 건강과 아름다움을 추구하는 새로운 여성상이 소개됩니다. 이와 함께 신비로운 구루들 역시 대중문화의 끝자락에 편입됩니다.

## 4

K의 부상은 심각하지는 않았습니다. 갑작스럽게 햄스트링에 힘이 실려 근육이 놀란 것 같다는 진단을 받았다고 했습니다. 저는 거듭 사과 메시지를 보냈습니다. 동시에 혹시라도 K가 부상의 심각성을 축소하는 건 아닌지, 그러니까 햄스트링이 파열되지는 않았는지 걱정이 되었습니다. 햄스트링이 과도하게 늘어나는 것은 사실 요가 수행자 사이에서 심심찮게 보이는 부작용입니다. 저 역시 한동안 뒷다리에 힘이 실리지 않아 고생한 적이 있습니다. K는 저에게 보름쯤 쉬어야 할 것 같다는 이야기를 전했습니다. 잘 지내라는 안부 인사를 주고받고 나서도 한동안 메시지 창을 나가지 못했습니다.

저는 몇 번이고 제 핸즈온이 부적절했는지 생각해보았습니다. 너무 힘이 실린 것인지, 개입 타이밍이 나빴는지를요. 앉은 전굴자세인 파스치모타나사나를 하던 K를 떠올려봤습니다. K는 이미 평소보다 더 많이 몸을 늘리고 있었는지도 모릅니다. 전굴을 돕는 핸즈온은 일반적입니다. 어떤 강사라도 할 수 있는 일이었습니다. 그러나 하는 수 없이 죄책감이 몰려왔습니다.

저는 경력이 길지 않은 강사입니다. 요가를 시작한 것은 4년 전이었습니다. 그때 저는 요가에 대해 아는 것이 거의 없었습니다. 다이어트를 할 요량이었고, 기왕이면 이번에는 새로운 것을 해보고 싶었습니다. 원래 운동이라면 곧잘 하는 편입니다. 한 시간쯤 러닝머신을 뛰는 일에도 익숙했고, 시원하게 물살을 가르는 기분도 좋아합니다. 전봇대에 붙은 광고지를 보고 가벼운 마음으로 요가원을 찾았던 것입니다.

첫 수강에 들어가자마자 이것이 내가 기대한 운동과는 다르다는 것을 알게 되었습니다. '몸 안쪽이 넓어지도록 호흡하라'거나, '통증이 이는 부분을 가만히 바라보라'거나, '생각의 변화마저도 그냥 흘려보내라' 하는 이야기는 너무도 생소했습니다. 그 표현에 담긴 종교적인 색채에 본능적으로 거부감을 느끼기도 했습니다. 그럼에도 저는 낯선 매트 위에서 이상하리만치 평온을 찾았습니다. 실은 거의 눈물이 날 것 같았습니다.

당시 저는 아버지의 인쇄소에서 일하고 있었습니다. 전문대를 졸업하고 학과에서 소개받은 작은 광고대행사에 들어갔지만 박봉에 야근에, 또 쓸데없는 텃세와 감정 소모에 시달렸습니다. 곧 저는 아버지의 가게로 출근을 하게 되었습니다. 동네 삼겹살집이나 미용실 전단을 만들고 명함, 청첩장 따위를 디자인하는 일이었습니다. 그다지 손님이 많지도 않았던데다 디자인이라고는 해도 전임이 만들어둔 양식에 전화번호와 상호만 바꾸면 되는 간단한 작업이 전부였습니다. 그러나 저는 매일 불안에 시달렸습니다. 어떤 경력도 갖지 못한 채 아버지의 손톱만 한 그늘 아래 시들어가는 일을 상상하면 두려웠습니다. 종일 포털사이트를 멍하니 바라보며 낡은 에어컨에서 나오는 퀘퀘한 냄새를 맡았습니다. 그날 매트 위에서 저는 제가 그동안 얼마나 얕은 숨을 몰아쉬며 허덕거렸는지를 알게 되었던 것 같습니다.

그 후론 1년간 매일 요가를 했습니다. 처음과 같은 정신적인 경험은 드물었습니다. 오히려 몸의 요구가 컸습니다. 요가를 하지 않은 날은 종일 컴퓨터 앞에 앉아 있느라 뭉친 다리가, 마우스를 쥐고 있던 오른팔과 어깨가 견딜 수 없이 무겁게 느껴지기 시작했습니다. 안 되던 자세가 하나둘 완성되어나가는 기쁨 역시 충만했습니다. 한쪽 발을 반대편 허벅지에 붙이고 서서 나무 자세를 만들라 치면 곧장 중심을 잃고

고꾸라져내렸던 제가 5분이나 고요한 상태를 이어갔습니다. 몸의 중심을 관통하는 힘과 균형을 분명하게 느꼈습니다.

그렇지만 원장으로부터 수업을 하나 맡아보는 게 어떻겠느냐는 제안을 들었을 때는 역시 놀랐습니다. 자신이 없었지만 동시에 꼭 잡고 싶은 기회이기도 했습니다. 저는 원장의 강의 내용을 녹취해 풀었고, 인터넷을 뒤져가며 시퀀스를 짰습니다. 처음에는 수련이 너무 빨리 끝나거나 다음 동작을 기억해내지 못해 회원들을 당황하게 하기도 했습니다. 그 흔한 RYT200 자격증을 딴 것도 강사 일을 한참 한 뒤였습니다.

갑자기 저는 이 요가원을 끌어갈 능력이 없다는 생각을 합니다. 실은 밤마다 술을 마십니다. 간접등만 켜놓은 텅 빈 스튜디오 바닥에 이불을 펴고 앉아서요. '먹는 것이 바로 너 자신'이라고 배웠는데요. 요가를 시작하기 전에도 있던 버릇입니다. 정신과 선생님은 자꾸 모든 일에 의심이 드는 것도 술이 하는 일일 수 있다고 말했어요. 그렇지만 스튜디오 구석에 주저앉아 노트북을 들여다보다가 한갓지고 어두운 반대편 구석을 보는 순간 저는 소스라치게 놀라며 뭐라도 해야겠다는 생각이 드는 것입니다. 그럴 때면 저는 건물 1층의 편의점으로 달려가 맥주를 주워 담았습니다. 노트북과 맥주캔을 올려둘 작은 밥상이 하나 있으면 좋겠어요. 생활에 필요한 물건을 사기가 쉽지 않습니다. 스튜디오의 창고는 한 사람이 서면 가득 찰 만치 좁습니다. 마트에서 파는 커다란 샴푸가 더 싼 것을 알아도 편의점에서 여행용 키트를 사게 되는 것은 그런 이유였습니다. 저는 무릎을 세우고 노트북을 끌어안았습니다. 찬 공기에 코끝이 시려왔습니다.

오징어땅콩이라는 이름의 과자를 씹으며 유튜브 화면을 들여다보았습니다. 저는 여행 유튜버들이 올리는 영상에 관심을 두고 있었습니다. 그들은 자전거를 타고 한국을 한 바퀴 돌기도 하고, 한옥학교에 들어가서 한옥 짓는 법을 배우기도 했습니다. 팬데믹 이후 해외여행을 나가기 어려워진 탓입니다. 그들은 어떻게든 새로운 콘텐츠를 만들어냈습니다. 제 안에서 그 열정에 대한 동경과, 얼마나 더 할 수 있는지 보자는 식의 비관이 함부로 섞였습니다.

로베르토에게서 온 메일을 확인한 것도 그렇게 술에 취한 채였습니다. 이따금 센터의 소식을 전하는 단체 메일이 오곤 했으므로 저는 아무 생각 없이 그것을 클릭했습니다. 그는 내 이름을 부르면서 서두를 뗐습니다. 스페인어 억양이 섞인 그의 말투가 떠올랐습니다.


*서연. 네 이름의 '연'이 연꽃을 뜻하는 거라던 이야기가 생*

각나. 진흙을 뚫고 피는 꽃이라고 해서 사람 이름엔 잘 쓰이지 않는 글자라고, 너는 오래전부터 이름을 바꾸고 싶었다고 했지. 그 후로 나는 일부러 너를 연이라고 불렀어. 너의 영어 이름을 대신해서 말이야. 너는 그때 진흙 같은 고난에도, 과거에도, 너를 부르는 이름에도, 그 무엇에도 얽매이지 않은 채 점점 더 본질에 가까워지고 있었으니까. 네 편안하던 얼굴이 생각나.

너는 그해 기수 중 가장 많은 사랑을 받은 사람이었어. 모두가 너를 좋아했지. 서연, 그건 네가 가진 따뜻한 기운 때문이었어. 네가 게스트하우스에서 비건 김밥을 만들어 가져왔던 것이 기억나. 참기름 냄새에 많은 동료들이 네 주위로 몰려들어 요리법을 물어봤어.

우리가 자주 가던 스무디 가게 산카라 기억나니? 거기도 지금은 문을 닫았어. 발리의 수많은 가게와 숙소들은 개점휴업상태야. 우리 센터도 마찬가지야. 끝까지 발리에 남아 있던 이들도 결국 비자 기한이 다다르자 본국으로 하나둘 돌아갔어. 우리도 수련생을 받지 못한 지 꽤 되었어. 어시스턴트들과 건물관리인에게도 해고 소식을 전할 수밖에 없었어. 다행히 남은 몇몇 제자들이 일을 도와주고 있어.

술에 취한 저는 곧 눈앞이 아물아물했습니다.

5

야자나무 잎에 쓰여 있던 〈요가쿤트라〉에서 파탄잘리는 요가의 목적을 이렇게 밝힙니다. '요가는 마음의 조련을 통해서 욕망을 억제하는 것이다.' 이렇듯 실은 요가는 몸보다는 우리의 정신에 관한 것이지요. 아사나 중심의 요가는 현대적 개념입니다. 힌두의 성인들은 요가를 통해 여덟 단계의 수행을 가르쳤습니다. 첫째는 야마, 도덕적이고 온건한 마음을 지키는 것이며 둘째는 니야마, 깨끗한 신체로 기도와 헌신, 내게 주어진 것에 대한 만족을 수행하는 것입니다. 셋째가 아사나, 즉 자세이고 넷째는 프라나야마, 호흡이죠. 이것들을 몸에 익힌 뒤에야 이후의 더 높은 네 단계, 감각으로부터의 자유나 진정한 집중과 명상, 본질의 발견과 목샤*로 나아갈 수 있습니다.

특히나 아쉬탕가 요가를 정리하고 체계화한 구루 파타비

---

\* 영적해방.

조이스는 금욕을 강조했습니다. 그의 책《요가 말라》는 각 아사나의 의미와 올바른 자세를 설명하는 것에 초점을 맞추고 있지만, 금욕에 관해서는 예외적으로 긴 분량을 할애합니다. 그는 정액은 곧 생명의 액이라고 말했습니다. 서른두 방울의 피는 32일 만에 한 방울의 정액으로 바뀌며, 서른두 방울의 정액은 다시 32일 후 '암리타 빈두', 즉 몸과 영혼에 빛을 주는 불멸의 감로가 됩니다. 이를 위해 요기라면 누구나 욕망을 절제해야 합니다. 가장이라 할지라도 올바른 수행을 위해서는 여성의 월경주기에 맞추어 반드시 밤에만 잠자리를 가져야 합니다.

6

로베르토는 메일 끝에 이렇게 쓰고 있었습니다. 세계 각국으로 흩어져 일하는 제자들이 모두 팬데믹으로 어려움을 겪고 있다고, 작게나마 온라인 축제를 열어 소통의 시간을 가지려 한다고요. 이미 많은 요기가 뜻을 합쳤습니다. 에세이를 보내오겠다는 이도, 요가 수업에 활용할 수 있는 실용 해부학을 강의하겠다고 한 이도, 영상회의 프로그램을 통해 수련 지도를 하겠다고 한 이도 있었습니다. 로베르토는 제가 발리에 있을 때 곧잘 수련 시간표를 만들어 보내줬던 기억이 났다며 이 프로젝트의 포스터와 타임 스케줄을 보기 좋게 정리해줄 수 있겠냐고 부탁했습니다. 그리고 저와 함께 수련했던 동료들에게도 이 소식을 알려달라고 했습니다. 다시 한번, 로베르토는 제가 사람들로부터 가장 사랑받는 수련자였다고 덧붙였습니다.

정말 그랬을까요? 네. 가장 사랑받았는지는 알 수 없지만 제가 센터를 위해 여러 일을 자처했던 것은 사실입니다. 제대로 요가를 가르쳐보겠다고 마음을 먹은 저는 두 해 전 발리로 갔습니다. 혼자서 해외여행을 해본 적이 없던 제게 한 달간의 장기체류는 큰 결심이었습니다. 몇 달간 영어 수련 영상을 반복해서 보고 용어를 익혔습니다. 운동으로서의 요가가 아닌 진정한 의미의 요가가 배우고 싶었습니다. 그 여행을 통해 그저 그런 강사가 아니라 한 명의 요기로 거듭나고 싶었습니다. 시설이 깔끔하고 관광객들에게 널리 알려진 여러 센터를 제치고 그곳을 선택한 것도 그런 이유에서였습니다.

우붓에 위치한 소박한 센터였습니다. 정원에는 잎이 우산만큼이나 큰 나무가 군데군데 서 있고 담장이며 수도 파이프에도 자잘한 덩굴식물이 뻗쳤죠. 자그마한 연못에는 이끼가 가득했습니다. 그 사이로 발리의 덥고 습한 공기가 흘렀습니다. 해가 쨍하게 내리쬘 때는 언뜻 아름다웠다가 구름이 지날 땐 언뜻 섬뜩하기도 한 풍경이었습니다. 벌레를 쫓고 좋은 기운을 불러들이기 위해 곳곳에서 향을 태웠습니다. 그 한가운데 넓은 살라가 있었습니다. 살라는 땅으로부터 좀 띄워서 지어진 전형적인 발리식 건축물이었습니다. 지붕을 씌웠다고는 하나 사방이 야외로 뚫려 있어 건물보다는 마루에 가까운 모습이었습니다. 수련자들은 수업이 끝나면 그곳에 걸터앉아 다리를 달랑달랑 흔들며 이야기를 나누곤 했죠.

처음에는 제게 먼저 말을 걸어준 싱가포르 친구와 매일 함께 밥을 먹고, 오후면 카페에 가 수다를 떨거나 오토바이를 빌려 야시장에 다녀오곤 했습니다. 수련이 없는 첫 주말을 보내고 나서는 세계 각국에서 온 이들과 모두 안면을 텄습니다. 다른 곳처럼 체험형 프로그램을 열거나 워크인 수련자를 받지 않고 오직 예약제로만 운영되는 센터였습니다. 제가 처음 도착했을 때 수련자는 모두 여덟이었습니다. 한 달간 여럿이 돌아가고 여럿이 새로 들어와 떠날 때 역시 여덟이었죠.

"호흡하세요."

살라 위에서 로베르토의 낮고 힘 있는 목소리는 멀리까지 퍼져나갔습니다. 큰 키로 휘적휘적 걸어다니며 수련자를 살

폈습니다. 로베르토는 센터의 실질적 운영자이자 그곳에서 가장 영향력 있는 강사였습니다. 마이소르 스타일의 아쉬탕가는 강사의 지도에 맞추어 다 같이 동작을 하는 것이 아니라 각자의 진도와 리듬에 맞추어 정해진 아쉬탕가 아사나를 반복합니다. 샬라는 온통 수련자들이 내쉬는 호흡소리로 가득했죠. 로베르토는 다른 수련자들을 모두 두 번쯤 짚어준 뒤에도 제게 다가오지 않았습니다. 저는 잘하고 있는 것인지 불안했지만, 동시에 그가 아직 센터에 온 지 얼마 되지 않은 저의 기운을 조심스레 살피고 있는 것인지도 모른다고 생각했습니다. 한 블로그에서 비슷한 경험담을 읽은 적이 있는 듯했습니다. 저는 다시 집중해 한쪽 팔과 다리로 땅을 지탱하고 몸의 오른편을 쭉 늘려내는 웃티타 파르쉬바코나아사나로 돌아갔습니다. 아직 서늘한 기운이 감도는 아침이었지만 얼굴을 흠뻑 적신 땀이 자꾸만 눈 안으로 스몄습니다.

저는 그곳에 머무는 동안 로베르토가 만든 센터 규칙대로 요가에만 집중할 작정이었습니다. 블로그에 여행일기를 공유하려던 마음을 접고 우붓 시내의 중고서점에서 산 요가책을 더듬더듬 읽어나가며 오후를 보냈습니다. 영어원서를 읽어나가기는 좀처럼 쉽지 않았습니다. 아는 단어가 몇 개 되지 않고, 그 사이로 자꾸만 산스크리트어까지 등장했습니다.

그러나 '주어진 것에 만족하고, 쉼 없이 경배하라'는 책 속의 가르침에 따라 차분히 매달렸습니다. 로베르토가 메일에서 언급한 바로 그 스무디 카페 산카라에서요. 센터는 시내에서 멀찍이 떨어져 있었습니다. 떠나오기 전 구글 지도를 참고해 예약한 게스트하우스는 센터보다도 더 으슥한 곳이었습니다. 그 중간쯤에 산카라가 있습니다. 찾는 이가 많지 않아 언제나 한산했습니다. 천장에 달린 실링팬이 느리게 돌며 안쪽의 더운 기운을 활짝 열린 창밖으로 몰아냈습니다. 저는 그곳에서 하루 대부분의 시간을 보냈습니다. 아침 여섯 시 반의 수련은 저를 종일 노곤한 상태로 만들었습니다. 책 위에 엎드려 잠이 드는 때도 많았습니다.

― 너는 훌륭한 요기가 될 거야.

로베르토는 어느 날 카페에서 잠든 제 사진을 메시지로 보내며 그렇게 덧붙였습니다. 그가 다녀간 줄도 몰랐던 저는 무척 당황했지만, 늘 차갑게 보이던 그의 농담에 웃음이 나기도 했습니다.

저 말고도 많은 수련자가 센터의 일을 도왔습니다. 수련이 끝나고 사람들이 돌아갈 때까지 기다렸다가 샬라와 마당을 쓸어내기도 하고, 사람이 다니는 길목으로 길게 자란 잡초를 뽑아냈습니다. 찬물에 걸레를 빨아 뒤뜰의 빨랫줄에 걸었고,

그릇을 닦았습니다. 제가 발리에 오기 전 조사한 바에 따르면 다른 센터에서는 좀처럼 일어나지 않는 일이었습니다. 누가 일러주지 않아도 눈으로 보고 배워 수련자에서 다른 수련자에게도 이어지는 전통인 듯했습니다. 로베르토가 웃음을 지으며 "모든 것이 수련입니다" 말하고 지나갈 때면 묘하게도 경쟁이 붙는 느낌이었습니다.

저는 샬라에 도울 일이 없는지 살피는 일에 익숙해졌습니다. 새 공지사항이 있을 때면 노트북을 펴고 앉았습니다. 카드형식으로 디자인한 공지사항과 시간표를 페이스북 페이지에 공유했습니다. 로베르토가 '사랑받은 수련자'라고 말한 건 이때 달린 댓글들 때문인지도 모르겠습니다. 마음이 활짝 열린 수련자들은 사랑을, 감사를 좀 유난하다 싶게 쏟아냈습니다.

로베르토는 강습이 시작되고 열흘이 지난 날에야 저에게 다음 아사나를 알려주었습니다. 이전에도 연습해봤지만 좀처럼 되지 않던 자세인 탓에 저는 좀 자신이 없었습니다. 상체와 하체를 폴더폰처럼 붙이고 선 채로 양손을 뒤쪽으로 뻗어내는 동작이었습니다. 몸을 완전히 접는 일도, 균형을 잡는 것도, 어깨뼈를 젖혀 손을 맞잡는 것도 무엇 하나 쉽지 않았습니다. 로베르토가 제 뒤에 서서 한 손으로는 등을 가볍게 짚고 다른 손으로는 어깨를 부드럽게 돌려 팔을 지지해주었습니다. 로베르토가 멀어지고 나서도 저는 한동안 자세를 유지할 수 있었습니다. 저는 그제야 사람들이 그토록 로베르토를 찬양하는 이유를 알게 되었습니다. 그는 정확하게 도움이 필요한 부분을 만져 자세를 만들어냈습니다.

그 이후로 그는 기본적인 자세에서도 자주 다가와 도움을 주었습니다. 발을 좀 더 벌릴 수 있도록, 허리를 완전히 젖혀낼 수 있도록, 어깨 상부의 힘을 풀고 정확히 이두근에 힘을 줄 수 있도록, 그는 톡톡 두드리거나 부드럽게 쓰다듬었습니다.

"내가 요가를 너보다 조금 더 했다고 해서 아무렇게나 핸즈온을 할 수는 없지. 사람들의 몸은 다 달라. 서양인과 동양인의 몸은 더 다르지. 내가 정확하게 할 수 있는 동작이라도 네가 적절하게 하고 있는지 파악하는 건 어려워."

후에 로베르토는 그렇게 말해주었습니다. 짧은 강사 생활을 했지만 저 역시 그렇게 느끼고 있었습니다. 요가를 지도하는 방법은 세 가지입니다. 자세를 설명하는 말, 시범을 보이는 몸, 그리고 정확한 자세를 짚어내는 손. 그중에서 가장 어려운 것은 손이라고 생각해왔습니다. 그래서 요기들이 훌륭한 강사의 기준으로 핸즈온을 많이 꼽는 것이겠지요. 그 강사의 손길은 다르다, 영영 안 되던 자세를 되게 한다, 일종의 세

례다, 하는 식으로 신비화하는 말을 자주 들어왔습니다.

네. 수련이 반쯤 흘러간 무렵부터 저는 사람들에게서 멀어졌습니다. 제 자세가 흐트러질 때면 로베르토가 들릴 듯 말 듯 한 웃음을 흘리고 지나가고, 그가 제 몸에 손을 올리는 시간이 길어지면서였습니다. 변명을 덧붙이자면 저는 그때 샬라 위에서 제 감정의 흐름을 제대로 파악하지 못했습니다. 더위와 목마름, 수련의 고됨 탓을 해볼 수도 있습니다. 저는 더 제대로 된 자세를 배울 수 있을 것이라는 생각에 로베르토의 손길이 우선 반가웠고, 그가 제게 가장 신경을 쏟는다는 것을 알게 된 뒤에는 알량한 우월감을 느끼기도 했습니다. 그 사이 어디쯤에서 수치심을 느껴야 할지 알 수 없었습니다. 그가 핸즈온 도중 제 엉덩이를 움켜잡았을 때도요.

로베르토와 함께하는 시간이 늘었습니다. 우리는 오후를 카페에서 보냈습니다. 수련 후 우선 코코넛이 들어간 커피를 마셨고, 점심에는 비건 맥시칸 랩이나 미고랭을, 이따금 맥주를 마시기도 하면서요. 샨카라의 나이 든 주인아주머니는 미소를 머금고 다가와 빈 그릇을 치워주거나 낡은 테이블을 훔쳤지요. 대부분의 시간 로베르토와 저는 요가에 대해 이야기 했습니다.

로베르토는 언젠가 말했죠.

"먼저 건강한 몸이 있고, 그다음에 건강한 정신이 있지. 육체가 흔들리면 마음도 흔들리는 거야. 그게 우리가 요가를 하는 이유야."

로베르토는 그렇게 말하면서 짧은 운동복 반바지 아래로 드러난 제 무릎에 가만히 손을 올렸습니다. 그리고 저를 보면서 싱긋 웃었지요.

글쎄요. 로베르토의 방에서 하룻밤을 보내고 나서도 제 육체는 그다지 흔들리지 않았습니다. 먼저 흔들린 것은 오히려 마음이었죠. 그러자 몸도 함께 흔들리기 시작했습니다. 남은 며칠의 수련은 엉망이었습니다. 로베르토는 샬라 위에서 다시 냉정한 눈길로 저의 몸부림을 스쳐지나갔습니다. 다시는 카페에 나타나지도 않았죠. 저는 샨카라의 창가자리에 앉아 커피를 마시면서 자꾸만 창밖을 살피려는 마음을 추스르느라 하루를 다 보내야했습니다.

발리를 떠나는 비행기는 사람들을 다 태우고 나서도 지루할 정도로 오래 지연되었습니다. 저는 깜빡 잠이 들었다가 이륙을 한 뒤에 깨어났습니다. 창밖으로 발리섬이 한눈에 보였습니다. 많은 이들의 말처럼 그것은 정확히 병아리 모양이었습니다. 그 순간 저는 단번에 모든 것을 알 수 있었습니다. 섬 안에서는 보이지 않던 것들을요. 당신의 말처럼 때로는 흘려

보낸 뒤에 문득 명징한 빛으로 다가오는 진리가 있습니다.


7


당시 미국에서 요가는 스스로를 돌아보기에는 너무 빠르게 성장하고 있었던 것 같습니다. 충격의 포문을 연 이는 비크람이겠지요. 한국에도 핫 요가의 창시자로 널리 알려져 있습니다. 그는 자신을 요가계의 이단아, 롤스로이스를 탄 구루로 소개했지요. 비크람의 인기는 실로 엄청났습니다. 미국 전역에 방송되는 텔레비전 쇼에서 자신의 성공담을 펼쳤지요. 비크람 요가의 강사가 되기 위해 사람들은 천만 원을 지불하고 호텔에서 열리는 호화로운 캠프에 참여했습니다. 비크람이 그 폐쇄적 공동체 안에서 수많은 제자를 추행하고 강간한 것은 한참 후에야 밝혀졌습니다. 그가 사람들을 현혹하기 위해 했던 모든 거짓말─3년 연속 인도 요가 챔피언이었다는 말(인도 요가 챔피언십 따위는 아예 존재하지도 않았죠), 절단 수술을 앞둔 리드 닉슨 대통령의 다리를 고쳐주고 영주권을 받았다는 말(마찬가지로 전혀 근거가 없었습니다)─은 차치하고서라도요.

비크람은 시작일 뿐이었습니다. 아헹가 요가의 창시자 B. K. S. 아헹가, 우드스톡의 구루로 알려진 스와미 사치다난다, 암리트 데사이, 존 프렌드 등 수많은 구루의 성추행과 성폭행이 폭로되었습니다. 거의 모든 요가 분파에서 일어난 일이었죠.

금욕을 그토록 강조했던 파타비 조이스도 예외일 수는 없었습니다. 열두 명의 피해자가 목소리를 높이고 있지요. 그들의 진술은 일관됩니다. 안전한 집을 떠나 인도의 마이소르까지 날아간 그들은 스승 조이스에 의해 추행을 당했습니다. 모두 수련실에서 일어난 일이었습니다. 그는 자세를 도와준다는 명목으로 수강생들의 가슴과 엉덩이를 움켜잡고, 둔부를 완전히 노출한 자세에서 자신의 사타구니를 겹쳐 밀거나, 손가락을 세워 엉덩이 안쪽을 문지르기도 했습니다. 영적인 깨달음을 갈구하던 이들은 그들이 구루지, 위대한 아버지의 손으로 직접 걸어 들어갔다는 사실에 오래 좌절했습니다.

요가 학자인 마크 싱글턴은 1930년대 시작된 파타비 조이스의 마이소르 수련 이전에 요가 강사가 직접 핸즈온을 한 증거는 찾을 수 없다고 말합니다. 그 전에 요가는 말과 시범으로 전승되어왔습니다. 일부의 구루들은 내면으로 침잠한 수련자의 몸을 만지는 것은 올바르지 않은 행위라고 여겼죠.

크리슈나마차리야 역시 그렇게 제자들을 가르쳤습니다. 예컨대 여기저기를 돌아다니며 사고를 치고 집중력이 짧았던 파타비 조이스에게는 '너는 그 동작을 계속해서 반복해라' 하고 말하는 식으로요. 그렇게 끝없이 반복되는 아쉬탕가 스타일의 요가가 완성되었죠. 파타비 조이스가 후대에 물려준 빛나는 유산 중에는 핸즈온도 분명히 있는 것 같습니다. 현재에도 요가계 성추행 경험을 폭로하는 요가걸 계정에는 새로운 글이 올라오고 있습니다.

저는 여기까지 살펴본 후 다시 처음의 질문으로 돌아갔습니다. 우리가 몸에 새겨넣은 이 아사나는 모두 어디에서 왔을까요? 누군가의 손으로 주물러져서라도 만들어야 하는 완벽한 아사나는 무엇일까요? 우리의 앞선 선구자들은 수련을 통해 한층 더 높은 본질로서의 자신, 즉 참나를 발견할 수 있었을까요?

8

이 이야기를 주제로 강연을 준비해보면 어떻겠느냐고 메시지를 보냈을 때 대부분은 답장하지 않았습니다. 그럴 만도 하지요. 발리에서의 마지막 나날에 동료 수련자들이 저를 보던 눈빛을 기억합니다. 그 일 이후에도 가끔 저와 밥을 먹었던 호주 친구 J만이 답장을 보내왔습니다.

　—오래 생각하다가 메시지를 보내. 다들 알고 있어. 네가 다 짊어질 필요는 없어.

　저는 J의 배려에 한참 곰곰했습니다. 그리고는 결국 이야기하기로 했습니다. 모두가 알고 있다면, 그래서 모두가 지겨워하고 있다면, 저는 기꺼이 짊어질 수 있겠다고 생각했어요. 우리가 생업에서 한 발 물러나야만 하는 지금이 오히려 좋은 타이밍일지도 모른다고 느꼈습니다. 그런 마음으로 컴퓨터 앞에 앉아 여러분들께 긴 메일을 쓰고 있습니다. 페스티벌의 포스터와 타임 스케줄 등 로베르토가 부탁한 자료도 첨부해두었고요.

　아이러니하게도 요가는 성폭행으로 인한 트라우마 치유로 크게 인정받고 있다고 합니다. 상처가 지나치게 큰 탓에 몸과 정신을 분리한 채 살아가던 피해자들은 요가를 통해 자신의 몸을 천천히 인식할 수 있었습니다. 꾸준한 수련 이후에는 심박변이도 또한 안정되었습니다. 성폭행 피해자들은 우리가 해피베이비라고 부르는 자세를 힘들어했습니다. 무릎을 손으로 감싸 안은 채 누워 다리를 완전히 벌려내는 자세이니 그럴 법하다는 생각이 듭니다. 그럼에도 이 자세는 극도의 공황 상태에서 빠져나오는 데 도움이 된다고 합니다. 그러고 보면 세상은 우리가 알지 못하는 방식으로 연결되어 있다는 요가의 오랜 가르침에 감탄하게 됩니다.

오늘 아침에는 K를 보았습니다. 저는 코인세탁소에서 나오는 길이었습니다. 어깨에 든 커다란 비닐백에 겨우내 입던 옷과 이불이 담겨 있었습니다. 저는 그날 아침 실로 오랜만에 아쉬탕가 수련을 했습니다. 봄이 되어 해가 길어지면서 절로 눈이 떠졌어요. 창이 큰 스튜디오에서 잠을 잔다는 것은 그런 점에서는 유리할지도 모릅니다. 이번에 파당구스타아사나를 할 때는 햄스트링을 완전히 펴는 대신 무릎을 약간 굽혀보는 시도를 했습니다. 어쩐지 덜 시원한 것 같은 느낌이었지만 당분간 익숙해져보려 합니다. 그러고는 상쾌한 마음으로 빨래에 나선 참이었습니다. 저는 반가운 마음에 그녀의 이름을 부르려고 했지만 K는 어느새 횡단보도를 건너 저편으로 멀어진 뒤였습니다.

K와는 그간 몇 번의 만남을 가졌습니다. 어느 새벽 그녀가 제 스튜디오 문을 두드렸습니다. 밤마다 창밖으로 새어나가는 전기난로의 붉은 불빛을 그녀가 못 알아채기는 어려웠겠지요. 스튜디오로 걸어 들어온 그녀가 맥주가 든 편의점 봉

투를 슬며시 내밀었습니다. 저는 제 옆에 어질러져 있던 빈 캔 두 개를 치우며 멋쩍게 웃었습니다. 그날 우리는 말을 놓고 조금 더 가까워졌습니다. 부상에 대해 묻자 K는 "다 나은지 오래지. 운동 빨리 다시 시작해야 하는데" 말하고는 목을 돌려 어깨를 푸는 시늉을 했습니다.

며칠 뒤에는 그녀의 좁은 방으로 올라가 함께 볶음 국수를 만들고 만두를 쪄먹기도 했지요. 우리는 요가에 대한 이야기는 그다지 하지 않았습니다. 다만 근처의 맛집과 식료품이 저렴한 슈퍼, 지난날의 연애와 그즈음 한창 상한가를 치던 드라마 이야기 따위를 나누었죠. 저는 K가 그렇게 호쾌한 웃음소리를 내는 사람이었다는 사실에 놀랐습니다.

오늘 아침 햇살 속에서 K는 사거리의 우리은행 건물로 들어가고 있었습니다. 높게 올려 묶은 포니테일이 발걸음에 맞춰 좌우로 흔들렸습니다. 새로 생긴 발레학원의 입간판이 눈에 들어왔습니다. 연한 아이보리 컬러에 핑크빛이 아주 살짝 도는 간판이 화사했습니다. 그녀가 총총 계단을 올라 사라졌습니다.

저는 그때 길가에 선 채로 호흡을 길게 조절했습니다. 그리고 나마스떼의 의미를 다시 한번 떠올렸습니다. 우리가 요가를 시작할 때, 끝낼 때, 누군가를 만나거나 헤어질 때도 할 수 있는 인사지요. 당신 안의 신에 경배를,이라는 뜻입니다. K라면 자주 자기 안의 신에 가닿는 순간을 느낄 수 있으리라 생각했습니다. 그게 요가 매트 위에서든, 발레 바Bar를 잡은 순간이든 아마도 상관없겠지요. 저는 예쁜 튀튀를 입은 K의 모습을 떠올리곤 미소 지었습니다.

여러분께도 다만 당신 안의 신에 경배를 전합니다.

　스무 살, 나는 인도로 첫 배낭여행을 떠났다. 내가 모은 돈
으로 갈 수 있는 곳 중 가장 낯설고 먼 나라라는 이유였다.
사람과 소와 개와 자동차와 인력거와 오토바이가 뒤섞인 거
리를 쏘다니다 숙소로 돌아와 코를 풀면 시꺼먼 매연이 녹아
나왔다. 향신료와 소금이 담뿍 든 남국의 음식은 더위에 지
친 몸을 깜짝 놀라게 했다. 하루에도 열 번쯤 어수룩한 여행
자를 꾀려는 사기꾼을 마주쳤고, 기차와 버스는 매번 지연되
었다. 나는 쉽게 그 여행에 매료되었다. 우연한 선택이었건
만, 인도는 당시의 내게 가장 적절한 여행지였다. 내가 아는
세계로부터 가능한 한 멀 것, 가능한 한 불가해할 것. 누구도
내게 준 적 없는 상처마저 다 짊어진 듯했던 스무 살의 열병

을 잊고 나는 온 감각을 열어젖혔다.

두 달간 여행을 이어가던 중 북인도의 리시케시에 도착했다. 갠지스강 상류를 낀 그 조용한 도시는 힌두교의 발생지로 전 세계의 수행자가 모이는 장소이기도 했다. 요가 수행자 역시 많았다. 숙소에 짐을 풀고 테라스로 나가 담배를 피워 물었을 때, 옆방의 게스트가 문을 열고 나왔다. 안녕? 나는 지금 요가를 수련하고 있어. 호흡을 조절하려고 해. 차크라 알지? 담배는 다른 데서 피워줬으면 좋겠어. 그녀는 손가락으로 자기 미간을 가리켰다. 그녀가 가리킨 곳을 제 삼의 눈, 다른 말로 아주라 차크라라고 부른다는 것은 며칠 뒤 카페에 비치된 요가 책을 뒤적이던 중 알게 되었다.

리시케시의 여행자들은 매일 요가를 하거나 아유르베다 마사지를 받고 길거리에서 야채 스틱을 사 오독오독 씹으며 돌아다녔다. 나도 그곳에서 첫 요가를 했다. 숙소 근처의 스튜디오에서 매일 일몰 시간 수업이 열렸다. 한쪽 벽을 채운 커다란 유리창으로 갠지스가 내려다보였다. 하늘이 남색으로 물들기 시작하면 먼저 희끄무레한 달이 뜨고, 세션이 진행되는 사이 차차 노을이 저물었다. 수련자들은 강사의 설명에 맞춰 부드럽게 동작을 이어나갔다. 요가를 경험해보지도, 강사의 설명을 모두 알아들을 정도로 영어를 잘하지도 못했던 나는 맨 뒷자리에서 홀로 우왕좌왕했다.

남는 시간에는 비틀스의 〈Black Bird〉를 MP3플레이어로 들으며 그들이 수련했다는 아쉬람과 몇몇 힌두교 성지를 둘러보았다. 일몰 요가 클래스에 나가면서 다른 명상 세션에도 기웃거렸다. 그중에는 세계적으로 널리 이름을 알린 구루 오쇼 라즈니쉬의 '다이내믹 메디테이션' 세션도 있었다. 스튜디오를 방방 뛰어다니며 소리를 지르고, 손발을 털어내 온몸의 기운을 다 뺀 뒤 명상에 드는 독특한 수련이었다.

10년 남짓 시간이 흐르면서 그 여행을 낭만적으로만 회상하지는 못하게 되었다. 당시의 내가 눈앞에 놓인 모든 풍경을 그저 낯설고 즐거운 경험으로 납작하게 이해했던 것은 아닌가 회의했다. 나는 현지인과 비슷한 값에 인력거를 타기 위해 10분쯤 흥정하고는 돌아서서 비싸고 말끔한 카페의 창으로 거리의 혼돈을 감상하는 이방인이었다. 요가와 명상으로 경험한 평온 역시 그래서 의심하게 되었는지도 모른다. 여행자의 경험은 자주 파스텔 톤으로 예쁘장하게 탈색되곤 하므로.

요가 소설집에 참여해보지 않겠느냐는 제안을 받기 몇 달 전에는 우연히 넷플릭스에서 인도 구루들의 사기를 폭로하는 다큐멘터리를 여럿 보았다. 그중에는 '다이내믹 메디테이션'을 만든 오쇼에 관한 폭로도 있었다. 나는 한때 세계를 주름잡던 구루들의 몰락을 검색해대며 그럼 그렇지, 하는 식으로 쉽게 냉소했다.

그럼에도 소설을 쓰기로 한 뒤 다시 요가를 시작했다. 동네의 작은 요가원에 등록하고 일주일 두 번 아침 수업을 들었다. 몸을 흐르는 호흡과 근육의 수축 그리고 이완에만 신경을 집중하는 사이, 오래전 그랬던 것처럼 생각이 맑게 침잠하는 것을 느꼈다. 한동안은 의심을 접어두고 그 감각에 집중해보기로 했다. 그리고 곧 한 사람을 떠올릴 수 있었다. 어느 순간 꿈에서 깨어나 가장 사랑했던 것을 의심하게 된 사람을, 다시 제대로 사랑하기 위해 근원을 거슬러가는 사람을.

# 시간을 멈추는 소녀

최정화

|일러두기|

이 소설에 나오는 게데투족은 실존하는 부족이 아니라 작가의 상상에 의한 허구입니다. 묘사된 게데투족의 삶은 실제 북극소수민족의 삶과 다르며 소설 속에 등장하는 주인공 소녀 역시 기존의 인물이 아닌 허구임을 밝힙니다. 이 소설은 북극의 소수민족의 삶을 재현하기 위해서가 아니라 생태계가 파괴된 세계를 비유하려는 목적으로 창작한 판타지입니다. 이를 분명히 하기 위해 실제 북극 소수민족의 삶에서 빌려온 부분은 부러 다른 단어로 표기했습니다.

최정화

2012년 《창작과비평》 신인소설상에 단편소설 〈팜비치〉가 당선되어 등단했다. 2016년 젊은작가상을 수상했다. 소설집 《지극히 내성적인》 《모든 것을 제자리에》, 중편소설 《부케를 발견했다》, 경장편소설 《메모리 익스체인지》, 장편소설 《없는 사람》 《흰 도시 이야기》, 에세이 《책상생활자의 요가》 《나는 트렁크 팬티를 입는다》 등을 썼다.

아타는 아침 일찍 일어나 순록가죽으로 만든 둠*의 문을 열고 동토를 딛고 서서 저 멀리 툰드라의 넓고 광활한 지평선을 내다보았다. 두 손을 가슴 앞에 모으고 오른 다리를 구부려 외다리로 섰다. 모은 두 손을 머리 위로 쭉 뻗어올리고 가슴 가득 숨을 들이마셨다. 순록들이 어디쯤 오고 있을까. 영하 50도의 추위도 아타의 간절한 기다림을 누를 수 없었다. 아타는 고개를 기울거리고 귀를 기울여 그들이 돌아올 기척이라도 느껴보려는 듯했다. 당장이라도 평야 위로 단단하고 아름다운 뿔이 솟아오르고, 우렁찬 발굽소리를 내면서

---

* 순록의 가죽으로 만든 게데투인의 주거 공간.

언 땅을 딛고 그들이 돌아올 것만 같다. 빙빙 돌면서 거대한 원을 그려 어린 새끼들을 보호하면서 모이고 흩어지는 저희들만의 군무를 추면서 수천 마리의 순록들이 돌아올 때가 되었다.

지평선은 그저 고요할 뿐이다. 미동도 하지 않는다. 그리고 조용한 건 지평선 너머의 일만은 아니다. 아타가 있는 캠프도 조용하기는 매한가지다. 사냥개들만이 오갈 뿐 사람의 그림자를 찾아볼 수 없다. 아타 혼자 둠을 들락거렸다. 소녀는 남겨졌다기보다 혼자서 살아남은 것처럼 보인다. 부모나 형제, 제 또래의 친구를 찾으려는 것처럼 보이지도 않는다.

가죽 문을 열고 밖으로 나오자 툰드라의 모기들이 아타의 얼굴에 떼로 들러붙었다. 아타는 팔을 휘저어 모기떼들을 쫓아내다가 다시 둠으로 돌아갔다. 모자로 얼굴을 가리고 얼음 창고에서 언 고기를 가져와 배를 좀 채우고 사냥개 안도 먹였다. 얼어 죽거나 굶어 죽는 게 아니라 모기떼에 물려 죽을지도 모르겠다고 중얼거리면서 감상에 젖을 새 없이 부지런히 몸을 움직였다. 외로울 땐 할머니가 들려주었던 이야기를 얀에게 들려줬다.

이쪽은 겨울이었다. 어떤 이들이 외쳤다. "야브 말, 너 어디 있어? 나의 불쌍한 순록들이 추위로 죽을 거야." 다른 쪽은 여름이었다. 사람들은 폭염으로 흩어져 달리는 순록을 모을 수 없었다. 모두 반복했다. "야브 말, 너 어디 있어? 우리는 불쌍한 순록들을 잃어버릴 수 있어."*

순록들이 돌아오는 시기가 해마다 조금씩 늦어지고 있었다. 이렇게 조금씩 늦어지다가, 언젠가 순록들이 돌아오지 않게 되는 날이 오게 되는 건지, 그런 날이 온다면 게데투인들은 어떻게 되는 건지 아타는 알 수 없었다. 순록이 없다면 우리 게데투인들의 삶도 없는 거라고 배웠다. 순록의 가죽으로 옷을 해 입고 둠을 짓고 순록의 피를 마시고 순록의 고기를 먹는다. 순록의 척수와 내장지방까지, 순록의 모든 것은 게데투인들의 양식이었다. 그리고 순록들이 이끼를 충분히 먹을 수 있도록 영양이 풍부한 땅으로 이동시키는 것은 게데투인들의 몫이었다. 늑대나 곰처럼 순록을 위협하는 동물들로부터 그들을 보호했다.

언제나 변함없이 그 자리에 있을 줄 알았는데, 땅이 달라지기 시작한 지 꽤 되었다. 당연했다. 북극해에서 불어오던 찬바람이 약해지고 동토가 녹으면서 땅속에서 온실기체가

---

* 〈야브 말의 모험〉, 시베리아 설화집 《네네츠인 이야기》, 작자 미상, 박미령 옮김, 지만지, 2019

뿜어져나왔다. 발을 딛을 때마다 땅이 상하고 있다는 걸 느낄 수 있었다. 어제는 아타가 지내는 캠프로부터 가장 가까운 곳에서 핑고* 하나가 또 무너져내렸다. 호수도 사라졌다. 호수를 채우고 있던 물들이 하루아침에 빠져나가 바닥을 드러냈다. 빙하는 폭포처럼 멈추지 않고 녹아내리고 있었다. 요즘은 비가 오는 날이 잦아졌다. 눈이 녹거나 눈 위에 비가 내리면 그대로 지의류**와 함께 얼어붙어 순록은 먹을 것을 찾을 수 없게 되어버리고 만다. 그리고 순록들이 없다면 아타가 속한 부족, 게데투인들의 삶도 없다.

아타는 아버지에게 선물받은 가죽 수첩을 꺼내 땅에 퍼져 누운 흙더미와 흘러내리는 얼음물을 그렸다. 얼음쐐기의 아름다운 나이테가 일순간 사라져버리는 허망한 순간이었다. 아타는 수첩의 맨 앞장에 '쓰러져가는 핑고의 기록'이라고 썼고 오른쪽 아래에 그보다 작은 글씨로 자신의 이름을 적어놓았다.

아타는 수첩에 적어놓은 날짜와 핑고가 쓰러진 개수를 계산해보았다. 지난달, 그러니까 캠프 사람들이 모두 모였던

---

\* 북극의 습지에 솟은 봉우리. 얼음으로 채워져 있다.
\*\* 공생생물체. 균류와 광합성생물이 함께 살고 있다.

'순록의 날' 이후로 얼음쐐기가 녹는 속도가 조금씩 줄기 시작했다.

언젠가는 다시 핑고가 솟아오를 거다. 그때까지 아타에게는 해야 할 일이 있었다. 기지가 있는 바드하항까지 갈 생각이었다. 기지에 전기를 보내는 탑에 올라 전선을 끊을 것이다. 더 이상 땅을 가르고 파헤치지 못하도록 가스전 작업을 멈추게 할 거다. 지금은 오로지 그 생각 하나만 한다. 아버지가 보고 싶고 어머니가 그립다는 생각은 하지 않는다. 할머니와 동생 생각도. 여기 리밀에서 바드하까지 가는 방법만 생각한다. 다른 생각은 하지 않는다.

한 가지 생각에 마음을 모으니 아타의 마음은 얼어붙은 툰드라의 동토처럼 단단해졌다. 여간한 일에는 흔들리지 않았다. 얼음쐐기가 다시 얼고 핑고가 다시 솟을 때까지 캠프의 시간을 되살리는 일은 없을 거라고 굳게 마음을 먹었다. 아타는 얼음 창고에 저장된 음식들로 버티며 체력을 단련했다. 이제 겨우 일곱 살, 그렇게 먼 거리를 걸을 수 있을 정도로 근육이 발달하지 못했기 때문이다.

아타는 근육을 단련시키기 위해 둠 한구석에 다양한 자세가 그려져 있는 천막을 붙여놓았다. 모두 908가지 자세였다. 몸통과 팔다리의 모양을 달리해가며 다양한 형태로 몸을 지탱하고 있는 사람의 모습이 그려져 있었다. 아타는 매일 아침저녁으로, 천막에 붙여놓은 자세들을 따라했다. 한 다리로 서서 균형을 잡는 외발서기 동작들과 다리를 넓게 벌리고 팔을 위로 높이 뻗어올리는 자세처럼 근육을 단단하게 키워주는 자세들을 열심히 연습했다.

아타는 천막 앞에 서서 두 손을 가슴 앞에 모으고 귀와 어깨, 골반과 무릎, 발목이 일렬로 정렬된 채 서 있는 1번 자세를 취했다. 빠르게 들고나던 가슴의 움직임이 가라앉으며 편안해졌다. 아직은 더 연습해야 해. 이 정도로는 탑의 중간도 못 올라서 그대로 꺼꾸러지고 말걸. 마음이 앞서지 않도록 아타는 자신을 타일렀다. 서두를 것 없어. 캠프의 시간은 이미 멈추었고, 북극해와 툰드라가 복구되려면 꽤 오랜 시간이 걸릴 거야.

아타는 벽에 붙은 동작들을 하나씩 따라했다. 팔을 위로 뻗어올리고 허리를 뒤로 한껏 구부려 완전히 하늘을 보는 자세를 취하고 나면 몸에 숨이 불어넣어지고 자신감이 생겼다. 또 머리를 숙여 땅을 바라보고 배와 얼굴을 다리 쪽에 붙이면 편안하게 몸이 풀렸다. 아타는 한쪽 무릎을 구부려 허벅지 안쪽에 올리고 외발로 섰다. 좌우로 비틀거리던 상체를 바르게 세우고 나자 한 다리로 서 있는 것도 그렇게 어렵지

208

않았다. 다리 근육이 매일 조금씩 더 단단해지고 곧아졌다.

아타는 두 손을 모아 팔을 하늘로 높이 뻗어올리고 정면을 바라보았다. 발뒤꿈치를 들고 다리 안쪽에 힘을 주었다. 여기는 시간이 멈추어 사람의 그림자도 찾아볼 수 없는 텅 빈 캠프였지만 눈을 감으면 사람들이 나누는 대화가 어디선가 들려오는 것만 같았다. 순록피 좀 마실래, 아타? 이것 좀 봐. 북극담자리꽃나무에 꽃이 피었어. 추추* 좀 주워와, 노나** 도. 화장실에서 쓸 이끼가 다 떨어졌어. 동생 기저귀도 갈아 줘야 하고. 날이 너무 따뜻해. 어제도 비가 내렸어.

아타는 천막에 그려진 908개의 동작들을 다 따라할 수 있게 되면 핑고들이 다시 솟아오를지도 모른다고 희망을 품었다. 그때가 되면 다시 시간을 흐르게 하리라. 눈 속에 얼어붙은 사람들을 깨우리라. 순록들을 목초지로 데리고 가서 마음껏 풀을 뜯게 하리라고, 아타는 머릿속으로 복구된 캠프의 모습을 그려보았다. 바다에서는 찬바람이 불어오고 얼음의 땅 툰드라가 회복되는 그날이 반드시 올 것이다.

---

* 설거지 수세미나 화장지로 사용하는 툰드라의 이끼
** 생리대나 기저귀로 사용하는 툰드라의 이끼.

지난 달 둘째 주 수요일은 순록의 날이었다. 해마다 아타가 사는 캠프에서 벌이는 가장 큰 페스티벌이었다. 낮에는 경주를 벌여 기량이 뛰어난 순록들을 가려낸다. 씨름, 올무 던지기, 썰매 뛰어넘기 같은 대회를 열어 함께 어우러지는 자리를 만들고 공동체의 일을 진지하게 의논하기도 한다. 밤에는 모두 함께 모여 순록고기를 먹는다. 고통이 없도록 신경을 차단하고 목을 졸라 목숨을 끊은 뒤에는 순록의 머리를 동쪽으로 돌려서 해를 보게 했다. 다시 태어난 영혼이 좋은 곳으로 가게 해달라고, 먹을 양식을 얻게 해주어 감사하다고 기도를 올렸다.

올해에는 좀 다른 풍경이 연출되었는데, 이 축제의 현장에 순록도 아니고 게데투인도 아닌 다른 사람들을 어렵지 않게 찾을 수 있었다. 그들은 붉은 점퍼를 입고 있어서 더더욱 눈에 띄었다. 정유회사 직원들이 왜 축제에 참여하고 싶어 했는지 아타는 잘 알 수 없었다. 그들은 석유, 가스에 열광했다. 에너지가 될 수 있는 거라면 뭐든 다 퍼올릴 기세였다. 게데투인들이, 순록이, 북극곰이, 툰드라가, 북극해가 어떻게 되든 말든 상관없어 보였다. 그들이 어떻게 축제에 발을 딛을 권리를 얻을 수 있었는지, 게데투인들의 터전을 한순간에 부수어도 되었는지 몰랐다. 땅의 허락 없이 관을 내리고 그 밑

바닥에서 끌어올린 검은 석유와 가스를 자기네 나라로 싣고 가도 되는 건지 몰랐다.

그날 그들 중 한 사람이 자기들이 세운 기지로 이사하라고, 그러면 아타의 가족이 머물 거처를 제공하고 아타의 아버지에게도 일자리를 주겠다고 설득했다. 그들은 집에 난방을 해주겠다고 했다. 이제 문명과 기술이 발전해서 더 이상 추위를 견딜 필요가 없다고 했다. 바닥에서 열기가 올라오고 또 벽과 천정에서도 따뜻한 바람이 불어온다고 했다. "이제 추위를 견디는 일은 끝이 났어요. 그럴 필요가 없어진 겁니다." 북극에서 따뜻하게 지내는 것이 그들이 자랑이라니!

아버지는 단호하게 고개를 흔들었다. 기억해라, 아타. 추위를 견디는 게 우리가 할 일이다. 순록이 없으면 우리의 삶도 없어. 지난해 각국의 깃발을 들고 바드하항에 거대한 쇄빙선이 들어왔을 때 아버지는 저항하는 무리의 선두에 섰다. 츠데로프에서는 춤을 추며 그들을 반겼지만 게데투인들은 굳건하게 버텼다. 아타는 얼어붙은 아버지의 어깨 위에 쌓인 눈을 털어드리고 그 위에 순록가죽으로 만든 이불을 둘러주었다. 언제까지가 될지 모를 긴 잠을 자는 동안 아버지가 조금이라도 따뜻해지기를 바라며. 그 자리에 얼어붙어 있는 이들 중 어머니도 있었다. 아타는 어머니에게 가서 자기가 두르고 온 목도리를 그녀의 목 위에 둘러주었다. 어머니의 머리 위에 쌓인 흰 눈을 털어내고 그 위에 자기가 만든 순록가죽 모자를 씌워주었다. 어머니의 사려 깊은 눈동자가 협잡꾼의 감언이설에 빛을 잃어갔었다. 이모와 삼촌이 기지로 이사한 뒤, 그녀는 흔들리고 있었다. 새롭게 건설되는 구역으로 편입해야 하는 시기가 온 건지도 모른다고 어머니는 말했다. 아타는 동생 후를 꼭 끌어안았다. 후는 씨름을 하고 있는 알렉산드르와 대치를 보면서 배를 잡고 웃고 있는 채로 얼어붙었다. 열심히 연습해둔 올무대회에 출전하기도 전이었다. 아타는 후에게 미안하다고 사과했다. 언젠가 이 애와 다시 축제에 참여할 수 있을까? 이제 아타와 후의 미래는 어떻게 되는 걸까? 툰드라의 미래는? 순록들은? 2040년이 되면 북극의 빙하가 완전히 녹아버린다고 들었다. 아타와 후는 부모님처럼 서른 살을 넘기지 못할지도 몰랐다.

날이 갈수록 수심이 깊어지는 캠프 사람들과 달리, 쇄빙선을 타고 온 사람들은 행복하고 들뜬 얼굴이었다. 빙하를 깨부수며 거대한 배를 끌고 오더니 땅을 다 망가뜨려놓고 가스전을 개발했다며 자랑을 늘어놓았다. 빙하가 무섭게 녹아내리는 건 보지 못한 모양이다. 아니면 그게 자기네들이 땅을 파헤치는 일과 관련이 없다고 생각하는 걸까? 그들은 북극이 아니라 그들이 타고 온 배 안에서 그들이 지은 건물 안에서만 살았다. 북극이 아니라 쇄빙선에 싣고 온 그들 나라에 살고 있었다. 러시아에, 미국에, 프랑스에, 한국에 말이다! 그 사람들은 자기들이 끌고 온 자기네 나라 안에서, 자기네 나라에서 하던 스포츠를 즐긴다. 탁구를 치고 요리를 해먹고 북극의 얼음을 가져다 도수가 높은 알코올에 넣고 그 술에 이름을 붙이면서 밤을 보냈다. 가끔 망원경으로 바깥을 바라보면서 파헤쳐진 땅에서 뜨거운 기체가 올라오는 것이 아름답고 경이로운 일인 듯 바라보았다. 그리고 낮이면 혈안이 되어 툰드라의 가스를 퍼내는 일에 열중했다. 땅을 파헤치고 도둑질해가면서 그게 기술이라고 자랑스러워했다. 그들에게는 영혼과 미래를 보는 눈이 없었다. 우리 게데투인들이 순록과 함께 사는 삶 속에서 배운 공존과 배려, 예의가 없었다. 아타는 얼어붙은 순록축제의 현장을 뒤돌아보았다. 북극종 꽃나무와 들쭉나무에는 어느새 꽃이 피어 있었다. 유력한 우승후보인 순록 에헤타도 마치 전쟁에서 승리한 신의 동상처럼 의기양양하고 자신감 있는 모습을 뽐내며 멈춘 채였다. 각자의 순록을 끌고 깃발 아래 그룹을 지어 모여 있는 캠프 사람들에게 가스전 개발을 반드시 막겠다고, 그리고 땅이 회복되면 잠을 깨우러 다시 이곳에 오겠다고 약속했다.

비록 얼어붙은 채 잠들어 있었지만 가족과 이웃들과 헤어지려니 발이 쉽게 떨어지지 않았다. 한 달여간을 침묵 속에서 지내다 보니 듣기 싫었던 말들조차 정다운 기억으로 떠올랐다. 걸음을 멈추고 사람들을 향해 꼿꼿이 서 있는 아타의 모습은 그들과 함께 얼어붙은 것처럼 보였다. 한동안 멍하니 그들을 바라보는 아타의 귓가에 바람이 불어왔다. 그 소리는 처음엔 황량하게 들렸다가, 그다음에는 아타를 달래주었고, 무슨 메시지를 전해주는 듯도 했다. 여기가 끝이 아니라고, 조금 더 기다리라고 아타를 일깨우는 것 같았다. 아타는 자기가 혼자가 아님을 깨달았다. 그러자 버드나무 멧닭과 북극 홍방울새 소리가 아타의 귓가에 다정하게 울렸다. 아타의 곁에는 동물과 식물들, 바람, 비와 눈, 그리고 해와 달과 별, 오로라가 있었다.

아타는 다시 그날을 떠올렸다. 아타가 할 일이 왔음을 분명히 알 수 있었던 그 순간을. 순록의 날 정유회사 사람들이 캠프에 나타났을 때 드디어 그때가 왔다는 것을 알 수 있었다. 가족들과 정다운 이웃들과 헤어져야 한다고 생각하니 마음이 약해졌다. 다시 눈을 떴을 때 눈앞을 보는 게 두려워서 땅만 물끄러미 내려다보았다. 아타는 도저히 앞을 볼 수 없었다. 아타는 눈을 감고 주머니 속에 늘 넣어 다니던 북극곰의 발톱을 꺼내 축제의 장 한가운데로 높이 던졌다. 캠프 사람들에게 작별의 말을 할 새도 없었다. 북극곰의 발톱이 축제가 벌어지는 구역을 가로지르면서 사람들이 일시에 동작을 멈추었다. 말 그대로 사람들이 얼어붙었다. 그들은 그렇게 선 채로 긴 잠에 들었다.

아타는 자신이 벌인 일을 믿을 수 없었다. 그저 얼떨떨한 채로 비칠비칠 그곳을 빠져나왔다.

아타는 정유회사 직원들이 세운 간이식당으로 들어갔다. 얼음 창고에서 얼린 생선을 몇 개 챙겨넣었다. 다시 가방을 메고 천막을 나서려고 할 때 한 공장의 직원이 아타의 눈길을 끌었다. 그는 간이의자에 앉아 무전기를 귀에 대고 꽤나 행복한 표정을 짓고 있었다. 누구와 통화를 하던 중이었을까? 아타는 자기가 미워해야 하는 대상이 그 사람이 아님을 알았다. 하지만 그렇다면 대체 누구와 싸워야 하지? 질문이 잘못되었는지도 모른다. 그렇다면 대체 무엇과 싸워야 하지? 무지와 이기심, 아타는 스스로 묻고 스스로 대답했다. 아타는 온수기에서 뜨거운 물을 틀고 물통에 담았다. 정유회사 사람들에 대해서 아타는 어떻게 생각해야 할지 잘 몰랐다. 아타가 확실하게 알 수 있었던 건 그들이 잘못된 장소에 도착했다는 점이다.

게데투인들은 북극에 온 이들을 환대해왔다. 둠을 내어주고 먹을 것과 차를 대접하는 일에 거리낌이 없었다. 하지만 환영해서는 안 되는 이들도 있었다. 그건 슬픈 일이었다. 정말로 슬퍼해야 하는 건 누군가가 떠나거나 헤어지거나 죽는 일이 아니라 누군가 잘못된 곳에 도착한 순간이다.

아타는 그날을 잊지 않고 생생하게 기억하고 있었다. 쇄빙선의 거대하고 위압적인 몸체, 하늘까지 울리던 엔진소리, 쇠그물이 소름끼치는 소리를 내며 바드하항에 정박하던 날 북극의 오로라는 땅에서 일어나는 일들을 걱정하듯 붉은빛을 발했다. 그들은 도착하자마자 땅에 기둥 수십 개를 박고 동토를 부쉈다. 아아, 안 돼요. 거기는 순록의 땅이에요. 지금 순록이 문제가 아냐, 사람들이 쓸 에너지가 동났어. 그렇지 않아요, 순록이 없으면 게데투인도 없어요, 사람도 없어요.

순록들이 떠나는 날 아타는 선물을 받았다. 순록은 아타의 손바닥 위에 짐승의 것으로 보이는 열 개의 발톱을 내려놓았다. 아버지에게 보여주었더니 그건 북극곰의 발톱이라고 알려주었다. 아타는 그걸 어떻게 사용하는지 몰랐지만 소중히 여겨 늘 주머니 속에 넣고 다녔다.

그다음 날 저녁 아타와 후는 바다에 떠밀려온 북극곰의 사체를 만났다. 처음에 아타는 그게 자그마한 흰 섬이라고 생각했다. 하지만 파도에 떠밀려 두 사람의 코앞에 당도한 것은 섬이 아니라 먹이를 찾지 못해 굶어 죽은 북극곰의 사체였다. 아타는 북극곰에게 발톱이 없다는 사실을 발견했다. 아타와 후는 얼어붙은 땅을 파헤쳐 죽은 북극곰을 묻었다. 아타는 실수로 발톱을 바닥에 하나 흘렸는데 그때 후가 그 자리에서 멈춰버렸다. 말을 걸어도 대답하지 않았고 움직이지도 않았다. 눈을 뜬 채로 잠이 든 것처럼 보였다. 아타가 발톱을 주워 들자 후가 다시 아타를 돌아봤다. 북극곰의 발톱은 시간을 멈추었다가 다시 움직이게 했다. 아타는 자기가 발톱을 사용해야 할 때가 언제인지 알 수 있게 되기를 바랐다. 잘못된 시간에 나타나는 것은 잘못된 장소에 도착하는 것과 비슷하다. 정말로 두려워해야 하는 건 그런 거다. 이제 잠든 사람들이 익혀야 하는 것은 일단 멈추는 것, 그저 긴 잠에 드는 것, 다시 일어날 적절한 때를 기다리는 것이었다.

아타, 이걸 기억해. 자기가 있어야 할 곳을 벗어나면 이런 참극이 일어난다는 걸. 그리고 우리가 이 일을 목격했다면 그 이유가 있을 거다, 우리가 할 일이 뭔지 기억해. 사람에게 목표가 있다면 그릇된 길로 가지 않는다. 아타는 북극곰의 발톱을 순록의 가죽으로 돌돌 말아 끈으로 묶었다. 그녀에게는 할 일이 있었고, 그 길로 가고 있다는 확신이 있었고, 지칠 때마다 메아리처럼 들려오는 사람들의 목소리가 마치 주문처럼 그녀를 이끌었다. 아타는 그날 밤 오로라를 보았다. 허공에서 퍼져나오는 붉고 푸른 불빛이 하늘을 물들였다. 시간을 멈춰, 아타. 북극곰의 울음소리가 아타의 귀를 울렸다.

아타는 스노모빌에 올라탔다. 엔진을 가동시키자 스노모빌이 떨리며 새부리가 빠르게 부딪치는 듯한 소리를 냈다. 아타는 그 소리를 듣는 걸 좋아했다. 마비가 된 듯 모든 감각이 닫히며 멍해지는 순간. 소리가 사라지면서 다시 다른 소리들이 들어오는 순간. 아타는 액셀러레이터를 힘차게 밟아 가스전으로 향했다. 땅에서 가스관을 심는 작업이 이제 거의 마무리되어간다고 들었다. 한 달 후면 완공된다는 말을 들었다. 그러니 이제 공사가 끝나갈 무렵일 거다. 비가 내리기 시작했다. 눈 위에 비가 내리면 떨어져내리는 즉시 그대로 얼어붙기 때문에 길이 몹시 미끄러웠다. 핸들을 꽉 잡고 다리에 단단한 힘을 주었다.

혼자서 스노모빌을 탄 건 처음이었기 때문에 운전은 영 서툴렀지만 그럭저럭 앞으로 나아갈 수는 있었다. 눈앞에 펼쳐진 설원을 바라보며 조금씩 방향을 바꾸었다. 하얀 빛과 물과 눈 천지의 세상에서 갑자기 버드나무 멧닭이 나타났을 때 아타는 멧닭을 피하려다 그대로 눈밭에 파묻혔다. 멧닭의 몸은 눈과 같은 흰색이었기 때문에 미리 알아채지 못했다. 스노모빌은 나동그라진 채로 계속 바퀴를 굴렸다. 아타는 온몸이 아팠지만 얼른 손을 털고 일어났다. 스노모빌을 바로 세우고 버드나무 멧닭이 괜찮은지 보러 갔다. 멧닭은 아무 일도 없었다는 듯 태연하게 가던 길을 갔다. 조심해야겠다고, 다치지 않은 게 다행이라고 가슴을 쓸어내리고 나자 버드나무 멧닭의 유머러스한 걸음걸이에 웃음이 터졌다. 다시 스노모빌에 올라타려고 할 때, 버드나무 멧닭이 길게 울었다. 아타는 멧닭을 바라보았다. 멧닭은 다시 가던 길을 갈 뿐이었다. 그리고 멧닭의 울음소리가 사그라들자, 그때까지 듣지 못했던 다른 소리가 들려오기 시작했다. 그건 땅과 하늘을 울리는 거대한 기계음이었다.

아타가 두 번째로 도착한 곳은 가스전이었다. 기중기와 포클레인, 거대한 트럭과 불도저, 굴삭기들이 쉴 새 없이 움직이는 소리로 귀가 멍멍하고 몸이 흔들렸다. 속이 메슥거렸다. 천공기가 동토를 깨고 땅에 구멍을 내고 있었다. 아타는 심장이 부수어지는 기분이었다. 땅이 무너지는 소리가 바로 곁에서 들려오고 있었다. 이 시끄러운 소리 덕분에 아타가 들어온 것을 아무도 눈치채지 못한 걸 다행으로 여겨야 했다.

아타는 깊게 파헤쳐진 툰드라의 안쪽을 들여다보았다. 깊숙하게 파고 들어간 땅속에는 나이테를 그리고 있는 얼음쐐기들이 동강나 있었다. 얼음이 녹아 흙속으로 스며드는 안쪽으로 호스가 꽂혀 있었다. 아타는 몸에 관이 꽂혀 피가 뽑혀나가는 기분이었다. 그뿐 아니었다. 거대한 항타기에 달린 해머가 동토층 저 아래로 가스관을 억지로 밀어넣고 있었다. 둔탁한 소리가 땅을 칠 때마다 관이 땅속으로 미끄러져 들어갔다. 건물만 한 높이의 커다란 못 수십 개가 땅에 박혀 있었다. 땅에 못이 박혀 있는 모습을 보자 사방에서 심장을 찔러대는 듯 고통스러웠다.

가느다랗게 비명을 질렀지만 작업현장에서 나는 소음에 묻혀 아타의 목소리는 퍼져나가지도 못하고 사그라들었다. 동토 밑바닥에서 가스를 뽑아낸다는 건 참혹한 일이었다. 누가 자기 몸에 그런 짓을 저질렀다고 상상해보았다. 아타는 온몸을 부르르 떨며 도리질을 쳤다. 안 돼! 이건 절대 있어서는 안 될 일이다. 멈춰야 해. 그것도 지금 당장. 아타는 북극곰의 발톱을 꺼내 가스전의 한가운데, 갈라진 동토를 향해 힘껏 던졌다. 그러고 나서 정신을 잃은 채 바닥에 쓰러졌다. 일하던 모습 그대로 잠들어버린 인부들과 함께 아타도 얼어붙어버린 것 같았다.

어디선가 흰 올빼미 한 마리가 날아와 아타의 얼굴에 부리를 비벼대었다. 어서 일어나, 아타. 북극의 시간을 멈춰.

툰드라에서는 하루에도 몇 번씩 날씨가 바뀌었다. 눈이 내리다 금세 맑아지는가 싶으면 어느새 구름이 하늘을 가린다. 오늘은 해가 지지 않고 끊임없이 볕을 보내 아타를 이끌어주었다. 저 멀리 기지의 입구가 보였다. 낮이 계속되는 백야의 기간이었지만 기지 입구에서부터 전깃불이 환하게 켜져 있었다. 여기에서부터 자연의 흐름과 순환이 깨어지고 시간이 다르게 흐르고 있다는 게 느껴졌다. 번쩍거리는 불빛에 이끌려 자기도 모르게 등이 굽고 숨을 헐떡이게 되었다. 색색깔의 화려한 건물들을 넋 놓고 쳐다보느라 눈으로 기운이 몰리고 머리가 앞으로 기울어졌다. 목이 자꾸 앞으로 뻗어서 바로 세우기가 힘들었다. 아타는 두 팔을 꼬고 손바닥을 모았다. 무릎을 구부리고 두 다리도 꼰 독수리 자세를 취하고 마을 입구를 정면으로 노려보았다. 두 다리에 힘이 솟고 허리가 곧추세워졌다. 쉴 새 없이 깜빡거리는 전광판에 더 이상 마음을 빼앗기지 않으리라.

정문 앞에 서자 경비원이 아타를 불러 세웠다. "꼬마야, 넌 어디서 왔지?" "리밀에서요." "한 달 전에 그곳 캠프에 전염병

이 돌아서 사람들이 모두 다 죽었다고 들었어. 병에 걸리면 그대로 움직이지도 못하고 온몸이 뻣뻣하게 굳은 채 잠에 든다고 하더라. 선 채로 잠든 사람들로 캠프는 산 무덤이 되었다고 들었어." "맞아요, 아저씨. 그런데 전 살아남았어요. 살아서 여기까지 왔어요." "대견하구나. 꼬마야 그런데 너 그 이야기도 들었니? 엊그제 가스전에서도 같은 참극이 일어났단다. 일하던 사람들이 그대로 멈춰버렸어. 장비를 들고 있는 모습 그대로 다 잠들어버렸다고 해. 움직이던 기계들도 당연히 멈추었고. 이제 기지에 저장해놓은 가스와 석유가 다 떨어질 때까지 그저 버티는 수밖에 없단다. 언제쯤 다시 땅 속의 가스를 퍼올릴 수 있을까? 우린 다음 쇄빙선이 올 때까지 기다리고 있단다. 근데 꼬마야, 너, 혹시 출입증을 가지고 왔니?" 아타는 고개를 저었다. "출입증이 없다면 기지에 들어갈 수 없단다. 그건 기지의 규칙이야."

아타는 다시 발톱을 던질 때가 왔음을 알았다. 마을을 향해 발톱을 던지자, 경비원은 한쪽 팔을 치켜든 채 그대로 얼어붙었고 길을 오가던 스노모빌과 걸어가던 사람들의 움직임도 일시에 멈추었다.

아타는 유유히 입구를 지나 마을에 들어섰다. 기지는 캠프보다 온도가 높았다. 건물 안은 당장 졸음이 밀려올 정도로 따뜻했다. 아타가 제일 먼저 들어선 곳은 마트였다. 기지 사람들은 게데투인처럼 사냥을 하지 않고 음식을 사서 먹는다고 했다. 게데투인들은 순록을 먹지만, 기지 사람들은 모든 걸 먹었다. 사람의 음식도 먹고 곰의 음식도 먹고 소의 음식도 먹고 새의 음식도 먹었다. 맛이 있고 영양이 풍부하다면 다른 동물들의 먹이를 먹는 일을 서슴지 않는다고 들었다. 그들이 바다생물들의 먹이인 크릴까지 휩쓸어가는 바람에 물범과 고래, 물고기들이 배를 주리고 있었다.

사람들은 플라스틱 바구니 안에 그득 식재료를 담고 계산대 앞에 길게 줄을 선 채 잠들어버렸다. 그들이 든 색색깔의 바구니 안에는 아타가 보지도, 먹어보지도 못했던 음식들이 담겨져 있었다. 정유회사 사람들은 우리도 이제 세상의 흐름에 따라야 한다고 말했다. 관광업 쪽으로 일자리를 알아봐 줄 수도 있다고 했다. 북극의 경관과 동물들을 보여주면 외지에서 구경 온 사람들이 우리에게 돈을 줄 거라고 했다. 손님에게 돈을 받는다니. 게데투인들은 낯선 이가 찾아와도 스스럼없이 둠을 내어 쉬게 해주고 음식과 따뜻한 차를 대접한다. 대가를 받는 일은 없다. 그런데 그들은 돈을 받는다고 말했다. 그 돈으로 음식을 사고 집을 장만할 수 있게 될 거라고 말했다. 우리에겐 둠도 있고 순록이 있는데도 말이다. 아타가 시간을 멈추지 않았다면 어쩌면 저 바구니 속에 든 끔찍한 음식들을 먹게 되고, 저 사람들처럼 가벼운 점퍼를 입고 어깨를 으쓱거리면서 생전 처음 보는 사람들에게 "여기 구경시켜드릴 테니 5바푸 내실래요?"라며 천연덕스럽게 물었을지도 모른다.

아타는 계산대 앞에서 배를 당겼다가 놓는 나울리 동작을 연습했다. 500번째 그림에서 그려진 것처럼 턱을 당겨 목도 잠갔다가 풀었다. 턱끝까지 한껏 숨을 들이마셨다가 뱉었다. 호흡이 한결 부드러워졌다. 그러고 나자 혼자가 아니라는 것, 바람도 눈도 비도 이끼와 순록, 새와 꽃, 해 모두가 자기와 연결된 존재라는 것을 느낄 수 있다. 혼자인 것은 세상에 존재할 수 없다. 숨 쉰다는 것은 내가 아닌 것을 들이마시는 것, 숨 쉰다는 것은 혼자가 아니라는 증거다. 숨을 가득 들이쉴 때마다 이름 모를 다른 존재들이 몸속 가득 들어와 아타를 기쁘게 했다. 천막에 그려진 그림이 없었다면 이 긴 시간 동안 어쩌면 기지의 새로운 풍경에 압도당했을지도 모른다. 이렇게 자꾸 자세를 바꿔가며 중심을 잡으니 눈이 휘둥그레지지도, 호기심에 이끌리지도, 감정이 치솟지도 않고 마음을 다스릴 수가 있었다.

아타는 자기와 비슷한 또래들의 손에 들려 있는 것을 보고 같은 것을 골랐다. 초콜릿이었다. 그걸 입에 넣자 아타는 기분이 아주 좋아졌다. 음료대에서 병에 담긴 탄산음료를 꺼내 마셨다가 쓰러질 뻔하기도 했다. 입안에 있을 때는 맛이 좋았지만 위장 속으로 들어간 음식들은 아타의 몸에는 낯선 것이었다. 속이 울렁거리기 시작했다. 아타는 잠시 밖으로 나와 눈을 모아 녹여서 마셨다. 그리고 할머니가 들려준 이야기를 땅에게 들려줬다.

노파는 청년을 데리고 들어가 음식을 주었다. 그러나 청년은 어머니가 챙겨준 레표시카*를 꺼내면서 말했다. "저에게 레표시카가 있어요. 제겐 이것이 무엇보다 맛이 있어요. 어머니가 길 떠나는 저를 위해 구워준 것이지요."**

아타는 호기심에 이끌려 음식을 맛본 걸 조금 후회했다. 할머니가 그들이 주는 걸 먹어서는 안 된다고 했던 말도 그제야 기억났다. 달고 맵고 짠 음식들이 사람을 흥분시킨다고. 흥분한 눈은 영혼을 보지 못하게 된다고. 아타는 정유회사 사람들이 손에 쥐여준 과자를 먹은 친구들의 눈빛이 전구알처럼 괴이하게 빛나는 걸, 그리고 그들 가족이 기지로 이

---

* 중앙아시아 민족들의 전통음식, 납작하고 둥근 모양의 빵.
** 〈세 아들〉, 시베리아 설화집《네네츠인 이야기》, 작자 미상, 박미령 옮김, 지만지, 2019

사 가게 될 거라고 흥분해서 떠들어대는 걸 보았다. 아타는 어머니가 주신 순록의 내장지방을 간식으로 먹었다. 후는 세 살 때부터 올무를 던져 순록의 뿔을 휘감는 걸 연습했고, 아타는 죽은 순록을 갈라 가죽으로 옷을 만드는 걸 배웠다.

거리를 돌아다니는 사람들은 활기에 차 보였다. 쭉 내뻗은 팔과 다리, 크게 치켜뜬 눈, 벌어진 입, 멈춰진 채로도 그들이 흥분 상태라는 걸 알 수 있었다. 그 옆에 있으니 아타는 자기 모습이 너무 작고 힘없고 초라해 보였다. 건물을 나오자 바람이 매섭게 불어닥쳤다. 아타는 자기도 모르게 몸을 웅크리고 자리에 주저앉았다. 바람에 그런 반응을 보인 건 처음이었다. 난방이 되는 건물에 고작 20~30분 머물렀을 뿐인데, 전과 달리 차가운 바람이 견딜 수 없어졌다. 몸이 덜덜 떨렸다. 정말 무서운 건 이런 일이구나. 금세 익숙해진다는 것, 자기도 모르게 익숙해져버리는 것. 아타는 찬바람을 맞으며 가슴 앞에 손을 모으고 고개를 숙였다. 남극의 동물과 식물들을 도와 다시 얼음을 얼릴 거다. 동토가 녹고 바다가 녹는 걸 막을 거다. 아타는 이제 전기를 보내는 송전탑으로 갈 때가 왔다는 걸 깨달았다. 한 걸음 한 걸음 눈신발을 신은 발을 앞으로 내딛어 탑으로 향했다. 앞으로 몇 년간, 적어도 동토의 얼음이 다시 얼어붙을 때까지 여기 남극에 전기를 보내는 일은 없을 거다.

단단히 마음을 먹었는데도 막상 송전탑 앞에 서자 너무 긴
장해서 숨이 막히고 귀가 멍해졌다. 아타의 볼 위로 따뜻한
눈물방울이 도르르 굴러내리다가 얼어붙었다. 탑의 꼭대기
에서 내리쬐는 붉은빛이 허공을 휘감았다. 아타는 어지러웠
다. 아래로 굴러떨어지면 그대로 즉사다. 굳게 마음을 먹고
겨우 한 걸음 올라섰는데 다리가 덜덜 떨려왔다. 난간을 붙
든 채 벌벌 떨면서 두 눈을 감고 조용히 기도했다. 날카로운
숨소리를 닮은 바람만이 요동치고 있었다.

아타는 호흡을 가다듬고 차분한 마음으로 탑에 올랐다. 내
려다봤다가는 그대로 바닥으로 곤두박질칠 것 같아서 돌아
보지도 않고 그저 위로만 계속 손과 발을 딛고 올랐다. 무서
워지면 더 빨리, 더 앞으로, 더 위로.

그때 아타의 귀에 낯익은 소리가 들렸다. 설원의 언 땅을
박차고 저 멀리서 누군가가 몰려오고 있었다. 그게 누군지,
아타는 아홉 해 동안 반복해서 들었던 그 어마어마한 기쁨과
설렘의 소리를 기억해냈다. 그들이 돌아왔다!

저 멀리 순록 떼가 돌아오고 있었다. 아타는 눈물이 날 것
같았다. 순록들을 보자 혼자 지내는 시간이 외로웠음을 깨달

았다. 아타는 순록이 보고 싶어 위험을 무릅쓰고 고개를 돌려 아래를 내려다봤다. 여기서는 고개를 돌린다는 게 이렇게 용기를 필요로 하는 일이구나. 탑의 꼭대기를 향해 있던 눈을 돌려 소리가 나는 쪽으로 시선을 옮겼다. 탑에 매달린 채로 아타가 발견한 건 숲처럼 거대한 순록 떼의 모습이었다. 해마다 이때가 되면 먹이를 찾아 이동했던 순록들이 다시 캠프로 돌아왔다. 아타의 눈에 이슬이 맺히듯 조용히 눈물이 고였다. 안심해도 된다, 순록들아. 이제 기지의 시간은 멈췄어. 네가 좋아하는 이끼와 지의류들도 다시 찾을 수 있게 될 거야. 이제 가스전의 시간도 멈췄어.

이렇게 높은 곳에서 순록들의 모습을 본 것은 처음이었다. 거대한 숲이 꿈틀거리며 바다처럼 굴러들어오고 있었다. 아타는 아무 생각도, 아무 말도 할 수 없었다. 볼 위로 흘러내린 눈물이 얼어붙은 줄도 모르고 뚝 떨어졌다. 아타는 탑에 마저 올랐다. 순록 떼를 본 뒤에는 높이가 두렵지 않았다. 아타는 담담한 마음으로 탑의 꼭대기에 도착해 전선을 잘랐다. 전기가 끊어지자 밝게 빛나던 기지가 일시에 어두워졌다. 순록 떼의 발굽 소리가 더욱더 위엄 있게 들렸다. 사람들의 오만과 어리석음을 꾸짖듯, 고요한 설원 위로 순록의 발굽 소리만이 끊임없이 울려댔다.

아타는 마음이 든든해졌다. 꼭대기에서 다시 땅으로 내려오는 일은 올라갈 때보다 더 아슬아슬하고 위험한 일이었지만 전기가 돌아가는 소리가 멈추자 두려움도 함께 사라져버린 듯했다. 흥분된 마음이 가라앉자, 먼 곳을 가는 방법이 단한 걸음을 먼저 내딛는 일이듯, 아주 높은 곳에서 내려오는 일도 마찬가지라는 걸, 모든 일이 그렇다는 걸, 조급한 마음 때문에 혹은 두려운 마음에 가려서 지금 이 순간을 보지 못한 탓이라는 걸 알 수 있었다.

땅으로 내려가자 수천 마리의 순록이 아타를 맞아주었다. 뒤쪽 그룹에서 아기 순록 한 마리가 아타에게 다가왔다. 아타는 순록의 등을 꼭 껴안았다. 순록이 아타의 머리칼을 핥아주었다. 아타가 한 일이 옳다고 말하는 것 같았다. "순록들아. 너희는 이제 동쪽 강으로 가렴. 거긴 아직 이끼들과 언베리가 남아 있을 거야. 사람들이 잠든 동안에는 늑대로부터 새끼들을 보호하고 스스로 방향을 찾아가야 한단다." 순록들은 아직 어린 새끼 순록들을 중앙으로 보내 보호하고, 1군의 무리들이 앞장섰다. 곧 2군, 3군의 무리가 뒤따랐다. 순록이 없으면 게데투족도 없는 거야. 여기는 세상의 끝, 세상의 끝은 세상의 끝처럼 두어야 해. 여기는 세상의 끝, 추운 곳은 추워야 하고 그걸 견디는 게 우리가 할 일이란다.

아타는 이제 할 일을 모두 마쳤다. 그저 시간이 흐르기를 기다리면 되는 것이다. 전기가 꺼지니 센터는 더 황량하고 춥게 느껴졌다. 불빛이 반짝일 때는 몰랐는데 화려한 조명을 거두어간 기지는 괴기스러웠다.

아타는 이제 자신도 입을 다물 때가 왔다는 걸 알았다. 북극에 필요한 건 땅속과 바닷속을 뚫고 들어가 기름과 가스를 퍼올리는 일이 아니라 긴 잠과 침묵이다. 아타는 주머니 속에 북극곰이 남긴 발톱이 아직 남아 있다는 걸 떠올렸다. 그 발톱을 누구에게 써야 할지도 알고 있었다. 아타는 그 시간이 이제 가까이 왔음을 알았다. 그러나 이곳에서는 아니다. 아타는 자기가 잠을 잘 장소 정도는 선택할 시간이 남았을 거라고 생각했다. 긴장이 풀리자 배가 고팠다. 뭘 좀 먹자. 뭐가 좋을까.

늘 먹던 걸로. 순록고기수프 조금이면 된다.

기지를 빠져나가면서 만난 얼어붙은 사람들의 얼굴과 표정을 아타는 기억해두기로 했다. 잘못된 장소에 도착한 사람들의 어리석은 미소를, 이 땅의 시간을 거스르고 한밤에도 불을 밝히던 죗값으로 그들은 아주 오랜 시간 동안 깨어나지 못할 것이다.

아타는 가족들과 머물던 캠프로 돌아왔다. 사냥개 얀이 꼬리를 흔들며 아타의 품에 안겼다. 얀은 가족들이 돌아오지 못한 둠을 지키고 있었다. 아타는 얀의 목에 감아놓은 줄을 풀었다. 안녕, 얀. 안녕. 이제 넌 자유야. 언젠가 우리가 만나 다시 한 팀이 되어 사냥하는 날이 오길.

둠의 입구에서 어머니에게 배운 대로 안쪽으로 한 바퀴 돌아 바람이 들어오지 못하게 막았다. 창고에서 꺼내온 고기를 끓여 속을 따뜻하게 데우고 난 뒤에, 아타는 잠들기 전 자신만의 의식을 치르기로 했다. 아타는 게데투족의 터전을 가로지르는 동쪽 강을 향해 고개를 숙이고, 사라져버린 호수에 다시 물이 차오르기를 기도했다. 주저앉은 핑고가 다시 솟아오르기를 기도했다. 북극에 더 이상 비가 내리지 않기를, 순록들이 전처럼 이끼를 마음껏 먹을 수 있기를, 북극곰들이 먹을 것이 없어 굶어 죽지 않기를 기도했다. 그리고 천막에 그려져 있던 908명의 사람들과도 인사를 나눴다. 그들 또한 평온히 잠들기를!

아타는 바닥에 드러누워 눈을 감았다. 얼마나 오래 잠들게 될까? 깨어났을 때 자기는 얼마나 나이가 많을까? 여기서 일어났던 일들을 기억할 수 있을까? 어머니와 아버지, 동생들을 다시 만나게 될까? 북산은 여전히 그 장대한 모습 그대로일까? 평원은? 핑고는? 순록들은? 얀은? 북극곰과 새들은?

아타는 순록이 자신을 부드럽게 핥아주던 걸 기억해냈다. 그러자 잠에 드는 일이 그렇게 두렵지만은 않았다. 북극곰의 발톱이 이마 위로 떨어지자마자 아타는 긴 잠에 빠져들었다.

요가를 꾸준히 다시 시작하게 된 건 어깨 부상을 당해 재활을 하기 위해서였다. 어깨는 아직 다 낫지 않았지만 약한 곳에 무리가 되는 움직임을 자제하고 꾸준히 단련해나가야 한다는 지혜를 배웠다. 무리한 것은 어깨 뿐만이 아니었다. 스트레스를 받아서 피부가 올라오거나 발목이 무너질 때까지 걸어다니고, 잠을 자지 않고 뭔가에 빠져들기 일쑤였다. 정도를 넘어서서 내 몸 아픈 줄도 모르고 쏟아붓는 일이 많았다. 무리하고 있다는 걸 스스로 알아채지 못하고, 자꾸만 더 할 수 있을 것 같았다.

요가를 통해 몸과 마음을 바라보는 법을 배웠다. 호흡을 바라보며 균형을 찾고 나를 다스리는 법을 배웠다. 요가는 가속도가 붙어버린 삶을 자꾸 멈추고 쉬어가게 했고, 다른 존재들과 조화를 이루며 세상의 한 부분으로서의 자기 역할에 만족하게 했다.(나는 직업에 대한 욕심이 있는데 이 소설을 쓰면서는 설화 연구자가 되고 싶다는 생각을 슬그머니 했다가 내가 또 욕심을 부리고 있다는 걸 깨닫고, 멈췄다!) 자주 멈추고 자주 쉬려고 한다. 되도록 덜 하려고 한다. 혼자 앞질러 가기보다 상대와의 보조를 맞추는 것이 중요함을 깨닫고 있다.

게데투족 소녀가 북극의 시간을 멈추어 가스 개발을 막고 툰드라를 지켜낸다는 이야기를 썼다. 북극을 공부하면서 생물은 식물과 동물이 아니라 미생물과 식물, 동물로 나뉜다는 것을 알았다. 몇 해 전 북극에서 지금 우리가 겪는 코로나와 비슷한 상황을 겪고 부족의 3분의 1만이 살아남았다는 이야기도 들었다. 북극을 개발하러 온 사람들이 옮긴 바이러스 전염병 때문이었다. 인간이 야생동물의 구역을 침해한 것처럼, 문명인이 원주민의 구역을 침해하는 일이, 그들의 삶의 터전을 빼앗고 파괴하는 일이 개발이라는 이름으로 여전히 일어나고 있다.

이 무분별한 개발을 막기 위해 북극의 시간을 통째로 멈춰버렸다. 더 좋은 다른 이야기를 찾지 못했다. 사람들이 모두 잠든 북극의 모습은 코로나로 일상을 잠시 멈춰야 하는 우리들의 모습과 닮아 있을 것이다. 우리들이 좀 더 겸허한 자세로 이 시기를 슬기롭게 극복해내기를 바라는 마음으로 소설을 썼다.

소설을 쓰는 동안 그위친족인 벨마 월리스의 소설 《두 늙은 여자》를 읽었다. 〈최후의 툰드라〉를 비롯해 네네츠인들에 관한 다큐멘터리를 보다가 잠들곤 했다. 《북극곰은 걷고 싶다》(남종영, 한겨레출판, 2009), 《극지 과학자가 들려주는 툰드라 이야기》(이유경·정지영, 지식노마드, 2015), 시베리아 설화집 《네네츠인 이야기》(작자 미상, 박미령 옮김, 지만지, 2019), 북극에 관한 기사와 동영상의 도움을 받아가며 겨우 완성해낼 수 있었다.

시간을 멈추는 소녀의 이야기를 쓰면서 어린 시절에 좋아했던 동화 《모모》의 주인공 모모를 자주 떠올렸다. 동화에서처럼 내 잃어버린 시간을 되찾게 해준 것은 요가였다. 그래서 이 소설의 주인공 아타에게도 요가를 선물해줬다. 근육이 없던 작은 소녀가 요가 수련을 통해 몸과 마음의 근육을 키우고, 속도를 조절해 세상과의 조화를 되찾는 일, 그렇게 이 소설은 나의 요가 이야기이기도 하다.

# 세상이 멈추면 나는 요가를 한다

1판 1쇄 발행  2021년 9월 16일

지은이 · 김이설 김혜나 박생강 박주영 정지향 최정화
펴낸이 · 주연선

총괄이사 · 이진희
책임편집 · 김서해
저작권 · 이혜명
표지 및 본문 디자인 · 유승희
마케팅 · 장병수 김진겸 강원모 정혜윤 유정연
관리 · 김두만 유효정 박초희

**(주)은행나무**
04035 서울특별시 마포구 양화로11길 54
전화 · 02)3143-0651~3  |  팩스 · 02)3143-0654
신고번호 · 제 1997—000168호(1997. 12. 12)
www.ehbook.co.kr
ehbook@ehbook.co.kr

잘못된 책은 바꿔드립니다.

ISBN 979-11-6737-059-4 (03810)